cDv

DRESSLER

EVELYN CLEVÉ

Helen Keller

Cecilie Dressler Verlag
Hamburg

Einband von Juergen Seuss

Druck und Bindung: Clausen & Bosse, Leck
Printed in Germany 1995
ISBN 3-7915-0323-5

1

„Helen!"

Die zierliche junge Frau näherte sich dem Kinderbett und wiederholte zärtlich ihren Ruf: „Helen!"

Durch die geöffnete Tür schob sich eine alte Negerin. Sie trug ein mit Speisen beladenes Tablett. Das Geschirr klirrte leise.

„Pst – vorsichtig, Viney! Helen scheint zu schlafen!"

Die Alte stellte das Tablett ab und warf einen besorgten Blick auf das blasse kleine Mädchen. „Helen nicht schlafen, Madam – Helen spielen", antwortete sie und deutete auf die hölzerne Ente, die das Kind auf der Bettdecke hin- und herschob.

„Komm essen, Liebling", sagte die Mutter und hob Helen aus dem Bett. „Sieh her: süßer Reisbrei mit Schokoladensoße."

Die Kleine hob schnuppernd das Köpfchen, klatschte freudig in die Hände und öffnete den Mund.

Die junge Frau ließ sich lächelnd mit ihrem Kind in einem Schaukelstuhl am Fenster nieder.

Draußen segelten große Wolken über den Himmel – plötzlich gaben sie die Sonne frei. Helles Licht flutete ins Zimmer – ergoß sich über Mutter und Kind.

Da zuckte Helen jäh zusammen, schrie auf und barg das Gesicht an der Brust der Mutter.

„Was hast du denn, Liebling?" fragte Kate Keller erschrocken und strich Helen über das Haar. Sie wiegte sich sanft im Schaukelstuhl hin und her, um das Kind zu beruhigen.

Aber Helen fuhr fort, leise vor sich hinzujammern und war nicht zu bewegen, das Gesicht aus den Kleiderfalten der Mutter zu lösen.

„Helen Angst vor Sonne haben, Madam", sagte die alte Viney. „Ich schon ein paarmal merken. Sie tun, als ob Sonne bissiger Köter ... Ich Ihren Stuhl in Schatten schieben, Madam."

„Ach, Viney", seufzte Kate Keller, „ich bin noch immer sehr in Sorge. Der Doktor sagt zwar, daß die Gefahr vorüber ist, seit Helen kein Fieber mehr hat. Aber findest du nicht auch, daß sie sich während der Krankheit sehr verändert hat? Weißt du noch, wie lebhaft sie früher war, wie sie uns alles nachmachte, alles selber tun wollte?"

Die alte Negerin blickte starr auf das Kind und antwortete nicht.

Der Schaukelstuhl stand nun im Schatten. Helen hatte sich aufgerichtet, öffnete den Mund und stieß mit den kleinen Fäusten ungeduldig nach der Mutter, bis sie endlich den ersten Löffel voll Brei bekam. Sie schluckte mit Wohlbehagen, maunzte zufrieden vor sich hin und spielte mit den Spitzenrüschen an Kate Kellers Kleid. Der Teller leerte sich schnell.

„Es hat ihr geschmeckt", sagte die Mutter glücklich. „Ach, es wird schon alles gut werden! Glaubst du nicht auch, Viney?"

Auch diesmal antwortete die Alte nicht auf die Frage, sondern sagte nur: „Madam mir Helen geben – ich sie in Bettchen bringen."

Sie nahm das Kind aus den Armen der Mutter und bettete es wieder in die Kissen. Dann trat sie ein paar Schritte zurück, ergriff das metallene Tablett, auf dem sie die Speisen hereingebracht hatte, und warf es plötzlich mit kräftigem Schwung zu Boden. Dröhnend und klirrend schlug es mehrere Male auf den Dielen auf.

Die junge Frau zuckte zusammen. „Was fällt dir ein, Viney? Du erschreckst ja das Kind!"

Viney hatte die Kleine aufmerksam beobachtet. „Helen nicht erschrecken, Madam", sagte sie leise. „Helen überhaupt nichts hören."

„Was sagst du da, Viney? Bist du wahnsinnig? Du weißt ja gar nicht, was du sprichst!" Kate Keller beugte sich angstvoll über das Kinderbett. „Helen, Liebling, hörst du mich?"

Helen streckte die Arme aus und griff nach der Mutter.

„Siehst du, Viney, sie hört doch! Du solltest dich schämen, solchen Unsinn zu schwatzen!"

Wortlos hob Viney das Tablett auf, ergriff den Löffel und schlug damit heftig gegen das Metall. Kate Keller zuckte bei dem hellen Klirren zusammen, das Kind aber regte sich nicht.

Entsetzt blickte die Mutter auf die Negerin. „Aber mich hat sie doch gehört, Viney!" rief sie fast flehentlich.

„Ich nicht wissen, Madam", sagte die Alte traurig.

„Liebling, hörst du mich?" rief die junge Frau außer sich. Sie kämpfte die aufsteigenden Tränen nieder und begann ein Wiegenlied zu summen.

Unbeweglich blickte das Kind ins Leere.

Die Tür öffnete sich. Ein großer breitschultriger Mann trat ein. „Nun, wie geht's Helen?" fragte er.

„Arthur, Arthur", rief Kate Keller schluchzend und warf sich in seine Arme, „ich habe solche Angst um das Kind!"

„Geht es ihr denn schlechter?" fragte der Mann erschrocken und näherte sich dem Bett. „Helen, mein Herz, was ist denn?"

Die Kleine hob den Kopf und streckte dem Vater die Arme entgegen.

„Sie hat dich gehört, sie hat dich gehört!" rief Kate unter Tränen lachend. „Und ich dachte schon ... ich fürchtete schon ... Viney glaubt, das Kind hört nicht mehr!"

„Was für ein Unsinn!" rief Arthur Keller. „Wie kannst du meiner Frau solche Angst machen, Viney!"

„Sie aufpassen, Herr", sagte die alte Negerin und schleuderte das Tablett diesmal mit noch größerem Nachdruck zu Boden. Es polterte und schepperte sekundenlang hin und her.

Die Eltern blickten auf das Kind. Es rührte sich nicht.

„Herr sehen", sagte die Alte leise. „Helen nicht ein bißchen erschrecken."

„Unsinn!" wiederholte Keller, aber seine Stimme klang unsicher. „Sie hat mich doch gehört, ehe ich vor ihr stand! Sie hat doch die Arme nach mir ausgestreckt!"

„Ich Herrn Keller im Dunkeln erkennen, wenn kein Wort sprechen", sagte Viney. „Alle Sachen von Herrn schon weit nach seinen feinen Zigarren riechen."

„Aber der Arzt hat doch gesagt, Helen ist wieder gesund!" rief die junge Frau verzweifelt aus.

Der Mann warf einen Blick auf das Kind und dann auf seine Frau. Er strich ihr über das Haar. „Sei ruhig, Liebste", sagte er. „Es wird alles wieder gut. Die Kleine war todkrank. Wir müssen dankbar sein, daß sie durchgekommen ist, und Geduld haben. Die eine oder andere Nachwirkung der bösen Gehirnhautentzündung wird sie eben noch überwinden müssen."

Er zog ein Plüschäffchen aus seiner Rocktasche. „Schau her, mein Liebling, was ich dir mitgebracht habe", sagte er und hielt dem Kind das Spielzeug entgegen.

Die Kleine starrte vor sich hin und rührte sich nicht.

Der Vater stutzte. Er ließ das Äffchen auf der Bettdecke hin und her tanzen. Doch die Augen des Kindes folgten dem Spielzeug nicht. Nun schob er den Affen in die kleine Hand, die auf der Decke lag. Sie griff fest zu. Arthur Keller betrachtete sein Kind aufmerksam. Er löste das Spielzeug behutsam aus der Umklammerung der Finger und führte es langsam vor Helens Gesicht auf und nieder. Die Kleine wurde unruhig, suchte tastend mit den Händen auf der Bettdecke und begann zu weinen. Auch als der Vater ihr das Äffchen vor die Augen hielt, suchte sie weiter und streckte die Hände ins Leere.

Der Mann erblaßte. Sein Blick streifte die alte Viney. Sie zuckte leise die Achseln. In ihren dunklen Augen schimmerte es feucht.

Angstvoll blickte Kate von einem zum andern. Sie wagte keine Frage. Sie wagte kaum noch einen Gedanken.

„Höre, Kate, ich hole sofort den Arzt", sagte Keller hastig zu seiner Frau. „Er soll die Kleine noch einmal gründlich untersuchen."

Mit großen Schritten stürzte er zur Tür hinaus.

Der Hausarzt kam und untersuchte Helen von neuem. Er kam wieder und brachte Kollegen mit. Eine Untersuchung folgte der anderen. Professoren wurden hinzugezogen. Die Ärzte berieten miteinander. Und schließlich blieb ihnen nichts übrig, als den armen Eltern so schonend wie möglich die harte Wahrheit zu gestehen: ihrem neunzehn Monate alten Kind war ein grausameres Schicksal als der Tod bestimmt. Die Krankheit hatte ihm das Augenlicht und das Gehör geraubt. Auch zum Stummsein würde es verdammt sein. Die wenigen Worte, die es vor der Krankheit gesprochen hatte, würde es allmählich vergessen, weil es nicht mehr hören konnte.

2

Helen wuchs heran. Ihr Körper wurde wohlgestaltet, kräftig und gesund. Aber ihr Geist lag in Dunkelheit gefangen.

Stundenlang hockte sie auf dem Schoße der Mutter oder hing an ihren Rockfalten und begleitete sie mit unsicheren, tappenden Schritten durch Haus und Garten.

Allmählich begannen ihre kleinen Finger, jede Bewegung der Mutter zu verfolgen. Sie spürten den Hantierungen der großen, vertrauten Hände nach und bemühten sich eifrig, sie nachzuahmen. Selten waren die Kinderhände in Ruhe. Sie zuckten hin und her und flatterten durch die Luft wie gefangene Vögel, die verzweifelt einen Ausweg aus ihrem Gefängnis suchen.

Von den wenigen Worten, die Helen vor ihrer Krankheit gesprochen hatte, war nur das Wort „Wasser" in ihrem Gedächtnis haftengeblieben. Sie stammelte es dann und wann, immer mehr verstümmelt, bis nur noch ein dumpfes „Wa . . . Wa . . ." von den Lippen kam.

Größer geworden, durchstreifte sie Haus und Garten und versuchte, mit ihren Händen alles zu ergründen, was um sie herum vorging.

Allmählich schuf sie sich verschiedene Zeichen, um sich der Umwelt verständlich zu machen und ihre Wünsche auszudrücken. Die liebevolle Fürsorge der Mutter erfaßte meist, was das Kind sagen wollte, und fand auch Mittel und Wege, es zu beschäftigen und zu unterhalten.

Gelang es Helen nicht, sich verständlich zu machen oder ihren Willen durchzusetzen, kam es zu heftigen Szenen. Sie stieß dumpfe, unartikulierte Laute aus und schlug zornig um sich, warf sich zu Boden und tobte so lange, bis sie völlig erschöpft in die Arme der Mutter flüchtete, um ihren Kummer auszuweinen.

Die Eltern sahen die Leiden des Kindes, ohne ihm helfen zu können. In ihrem Schmerz ließen sie alle Launen und Ausbrüche geduldig über sich ergehen.

Helen hatte eine kleine Spielgefährtin, Martha Washington, die Tochter der Negerköchin, die ihre Zeichensprache besonders gut verstand und sich völlig von ihr beherrschen ließ.

Beide hielten sich gern in der Küche auf und halfen, wo sie konnten. Sie kneteten Klöße, mahlten Kaffee oder drehten die Eismaschine. Helen war sehr vernascht und bestellte sich häufig Eis, indem sie mit den Händen eine drehende Bewegung machte und dabei zusammenschauerte, als ob sie fröre.

Helen hatte zwei Stiefbrüder, James und Simpson. Als nach einigen Jahren noch ein kleines Schwesterchen, Mildred, dazukam, fühlte sie in ihrer Dunkelheit und Einsamkeit, daß die

Sorgen und Gedanken der Mutter nun nicht mehr ausschließlich um sie kreisten.

Eines Tages stürzte sie sich in wilder Eifersucht auf die Wiege, in der die kleine Mildred schlief, und warf sie mit voller Kraft um. Nur die Geistesgegenwart der Mutter bewahrte das Baby vor einem Sturz.

Immer stärker wurde Helens Bedürfnis, sich mitzuteilen, und immer größer ihre Verbitterung, wenn ihr dies nicht gelang. Ihre Heftigkeit wuchs. Ihre Wutanfälle kamen immer häufiger.

An einem regnerischen Nachmittag versuchte sie sich mit Belle, der alten Jagdhündin des Vaters, in ihrer Zeichensprache zu verständigen. Als Belle nicht begriff, stieß sie sie ärgerlich in die Seiten. Die Hündin schnaufte verdrießlich, dehnte sich faul, streckte sich, trottete ein paar Schritte weiter und rollte sich behaglich knurrend wieder zusammen.

Enttäuscht ging die Kleine zur Mutter und kletterte auf ihren Schoß. Ihre Hände tasteten umher und legten sich auf Kates Gesicht. Plötzlich stutzte sie. Sie fühlte die Bewegungen der Lippen beim Sprechen und schüttelte erstaunt den Kopf. Nach einer Weile glitt sie herab und lief zum Sofa, auf dem ihr Bruder James mit Eveline Keller, einer Schwester ihres Vaters, saß. Der Bruder nahm sie auf seine Knie und drückte sie an sich. Ärgerlich wehrte Helen seine Liebkosungen ab und legte ihre Hand auf seine Lippen. Wieder fühlte sie die Bewegungen des Mundes. Nun tastete die andere Hand nach Tante Evelines Gesicht. Endlich legte sie sich selbst die Hand auf den Mund, bewegte die Lippen und brachte dumpfe, unartikulierte Laute hervor.

Der Mutter traten die Tränen in die Augen.

Auf Helens Zügen malte sich tiefe Verwirrung. Sie machte Zeichen, die niemand verstand. Immer dringender, immer heftiger wurden ihre Gebärden. Verzweifelt fuhren die Hände durch die Luft.

„Vielleicht will sie ihre Puppe haben", sagte James und drückte sie ihr in die Hand.

Aber mit einem Ruck rutschte Helen von seinem Schoß hinunter und schleuderte die Puppe heftig zu Boden.

Eveline schob ihr ein Biskuit in den Mund, um sie abzulenken.

Helen, die sonst leidenschaftlich gern Näschereien aß, spuckte den Keks empört auf den Teppich.

„Sie wird in der letzten Zeit immer maßlos wütend, wenn sie fühlt, daß jemand spricht. Als sich Martha gestern mit anderen Negerkindern unterhielt, hat sie sie mit aller Kraft auf den Mund geschlagen", sagte James und versuchte, Helen festzuhalten.

Doch sie stieß mit den Füßen nach ihm, kratzte, biß, spuckte und warf sich tobend und röchelnd auf den Fußboden. Ihr Gesicht lief dunkelrot an. Sobald jemand versuchte, sie zu streicheln und zu beruhigen, schlug sie um sich, bis sie vollkommen erschöpft zusammenbrach und auf dem Teppich liegenblieb.

Weinend hob die Mutter das Kind vom Boden auf. Leise schluchzend klammerte sich Helen an sie.

„Ich kann diese Ausbrüche nicht mehr ertragen", sagte Kate verzweifelt. „Ich kann ihre Ungezogenheiten auch nicht bestrafen. Denn es ist, als versuche sie gegen einen bösen Dämon zu kämpfen und sich zu befreien. Und ich kann ihr nicht helfen."

Das Wohnhaus der Familie Keller – Ivy Green genannt, nach dem Efeu, der Haus und Gartenzäune der Farm umrankte – stand am Rande der kleinen Stadt Tuscumbia in Alabama im Süden der Vereinigen Staaten.

Kate Keller kam mit ihrem Mann aus dem Garten. „Um des Himmels willen, Martha, was tust du denn da?" rief sie und eilte die Verandatreppe hinauf.

Dicht aneinandergeschmiegt saßen die beiden kleinen Mädchen, die weiße Helen und die dunkle Martha, in der heißen Julisonne auf den Stufen.

Martha fuhr zusammen. In der rechten Hand hielt sie eine Schere, in der linken eine von Helens braunen Locken. An ihren Absichten war nicht zu zweifeln.

„Bitte, bitte, Missie", stammelte sie, und ihre weitaufgerissenen Augen hingen flehend an Kate, „ich nichts getan. Helen mir Haare geschnitten, und nun ich sie wollen auch hübsch machen."

„Ja, wie siehst du denn aus?" Arthur Keller mußte lachen.

Kurze struppige Borsten ragten büschelweise von Marthas Kopf in die Luft. Nur wenige von den mit Schnürsenkeln aufgewickelten, wie Korkenzieher aussehenden Locken hatte Helen verschont. Abgeschnittene Haare ringelten sich am Boden und lagen auf Marthas Schultern und ihrem Kattunkleidchen.

Auch Helens Schnürsenkel hatten daran glauben müssen. Kurze Enden hingen aus den offenen Schuhen. Und von dem

Geißblattstrauch, der neben der Veranda wuchs, hatte sie alle erreichbaren Blätter abgeschnitten.

„Sie hat einen lebhaften Drang nach Beschäftigung", sagte Kate. „Ein gesundes sechsjähriges Kind könnte man zu allen möglichen Spielen und Arbeiten anregen. Aber was soll Helen den ganzen Tag anfangen? Ich mache mir oft Vorwürfe, daß es mir nicht gelingt, ihr zu helfen. Du weißt, wie ich das Kind liebe, und doch finde ich nicht den richtigen Weg. Aber es gibt einen Weg. Habe ich dir nicht von Laura Bridgman erzählt, dem blinden, taubstummen Mädchen, und von den Wunderdingen, die Doktor Howe an ihr vollbrachte? Ich las davon in den ‚Amerikanischen Skizzen' von Dickens."

„Aber Doktor Howe ist seit Jahren tot", sagte ihr Mann, „und außerdem hat er Laura Bridgman in einer Blindenanstalt erzogen. Könntest du dich entschließen, dich von Helen zu trennen?"

Kate schüttelte den Kopf. „Nein, ich brächte es nicht übers Herz, sie allein unter fremden Menschen zu lassen."

Bald nach diesem Gespräch erzählte ein Bekannter Arthur Keller von einem Augenarzt in Baltimore, Doktor Chisholm, der viele als hoffnungslos geltende Fälle geheilt haben sollte.

Kurz entschlossen fuhr der Vater mit dem Kind nach Baltimore, um den Arzt aufzusuchen.

Während der Eisenbahnfahrt erregte Helen das Mitleid der Reisenden und wurde mit Süßigkeiten überschüttet. Wenn der Schaffner durch den Zug ging, um die Fahrkarten zu lochen, erlaubte er ihr, sich an seine Rockschöße zu hängen und mit ihm zu gehen. In der Zwischenzeit durfte sie mit seiner Zange spielen. Stundenlang hockte Helen in einer Ecke des Wagens und knipste kleine Löcher in ein Stück Pappe. Es war eine großartige Abwechslung, und sie bekam während der ganzen Fahrt keinen einzigen Wutanfall.

In Baltimore angelangt, konnte Arthur Keller es kaum erwarten, das Kind zu Doktor Chisholm zu bringen. Sobald sich Helen ein wenig ausgeruht hatte, nahm er einen Wagen und fuhr mit ihr in die Sprechstunde.

Während der langen, sorgfältigen Untersuchung hingen seine Augen an dem Gesicht des Arztes, aus dessen Mienen nichts zu lesen war. Bei jedem neuen Instrument wurde das Herz des Vaters zwischen Hoffnung und Angst hin- und hergerissen.

Endlich hatte der Arzt seine Untersuchung beendet. Er setzte sich in seinen Schreibtischsessel, nahm seine Brille ab und putzte sie langsam und sorgfältig.

„Lieber Herr Keller, es tut mir sehr leid, daß ich Ihnen alle Hoffnung nehmen muß. Ich kann Ihrem Kind das Augenlicht nicht wiedergeben. Niemand kann es. Dieser Fall ist unheilbar."

Es war sehr still im Zimmer. Nur ein leises Rascheln war zu hören. Helen hatte sich über den Papierkorb hergemacht und wühlte eifrig darin herum.

Endlich raffte sich Arthur Keller auf und erhob sich: „Ich danke Ihnen für Ihre Bemühungen, Herr Doktor. Ja, da werde ich also nach Hause fahren und meiner Frau sagen, daß unser Kind, das vor seiner grausamen Krankheit lebhaft und aufgeweckt war, so bleiben muß, wie es jetzt ist – dumpf – stumpf –

schlimmer als ein kleines Tier –" Die Stimme versagte ihm.

Doktor Chisholm stand auf und trat zu ihm: „Nein, das muß es nicht. Sie sagen, das Kind war vor der Krankheit aufgeweckt. Nun, dann muß man versuchen, es wieder zu wecken."

Der Vater zuckte die Achseln. „Wer könnte das?" fragte er mutlos und verzweifelt.

„Wenden Sie sich an Doktor Alexander Graham Bell in Washington. Er ist ein wunderbarer Mensch und ein hervorragender Gelehrter, und ich bin überzeugt, daß er Ihnen einen guten Rat geben kann. Sie sollten gleich von hier aus zu ihm fahren."

Schweren Herzens reiste Hauptmann Keller mit Helen nach Washington. Er versprach sich nichts von einer Unterredung mit Doktor Bell. Was konnte man für Helen denn erhoffen, wenn sie doch nie wieder in ihrem Leben sehen und hören und sprechen würde?

Doktor Alexander Graham Bell strahlte eine solche Menschlichkeit und Güte aus, daß selbst Helen in ihrer Dunkelheit davon berührt wurde. Er gewann ihr Herz sofort, weil er auf ihre Zeichensprache einging und alles verstand, was sie ihm sagen wollte.

Sie saß auf seinem Schoß und spielte vergnügt mit seiner Uhr, während er ihrem Vater den Rat gab, an Herrn Anagnos, den Direktor des Perkins'schen Blinden-Institutes in Boston, zu schreiben.

„Er ist der Schwiegersohn von Dr. Howe", sagte er, „Laura Bridgman lebt noch heute in diesem Institut, in dem auch Lehrkräfte für den Blindenunterricht ausgebildet werden. Direktor

Anagnos kann Ihnen sicherlich jemanden nachweisen, der die Erziehung Ihres Kindes übernimmt. Seien Sie nicht zu verzweifelt. Die Kleine ist lebhaft und intelligent, das spürt man sofort. Ihre Seele schläft, aber man kann sie wecken und formen."

Er streichelte das Gesicht des Kindes, auf dem ein Lächeln erschien. Nur selten sah man Helen lächeln.

Kate Keller nahm die Diagnose von Doktor Chisholm gefaßter auf, als ihr Mann erwartet hatte. Sie bat ihn, sich sofort wegen einer Lehrerin an das Perkins'sche Institut zu wenden.

„Wir dürfen nichts unversucht lassen. Ich bin froh, wenn ich mich nicht von Helen trennen muß", sagte sie. „Und ich habe das Gefühl, von diesem Institut, in dem Doktor Howe die Wunder an Laura Bridgman vollbracht hat, wird auch uns etwas Gutes kommen."

So schrieb Arthur Keller an Direktor Anagnos einen Brief, in dem er bat, ihm eine Lehrerin für Helen zu vermitteln.

3

„Ich habe Sie rufen lassen, Anne Sullivan, um etwas mit Ihnen zu besprechen. Ein Herr aus dem Süden hat mir geschrieben und mich gebeten, ihm eine Erzieherin für seine sechsjährige blinde und taubstumme Tochter zu empfehlen. Ich wollte Sie für diesen Posten vorschlagen, Anne. Es ist keine leichte Aufgabe. Bisher hat es niemand verstanden, sich richtig mit dem Kind zu beschäftigen. Es scheint nach der Schilderung des Vaters eine kleine Wilde voller Launen und Ungezogenheiten zu sein. Aber wie mir Herr Keller schreibt, ist die Kleine nach Ansicht von Doktor Graham Bell intelligent und bildungsfähig. Überlegen Sie es sich ein paar Tage in aller Ruhe, ob Sie ihre Erziehung übernehmen wollen. Sie bringen damit große Opfer, auch darauf mache ich Sie aufmerksam. Sie müßten auf eine Farm am Rande einer kleinen, vom Bürgerkrieg noch halb verwüsteten Stadt ziehen – Herr Keller gibt übrigens die Zeitung dieses Städtchens heraus –, wären dort ohne Anregungen ganz auf sich selbst angewiesen und müßten mit allen Schwierigkeiten allein fertig werden. Es wird viele Schwierigkeiten geben, darüber dürfen Sie sich nicht täuschen. Und noch etwas: Sie sind begabt und haben große Fähigkeiten. Das Leben in einer Großstadt würde Ihnen wahrscheinlich weitaus bessere Möglichkeiten bieten, als Sie als Erzieherin dieses kleinen Mädchens in Tuscumbia haben können."

„Und warum wollen Sie mich trotzdem vorschlagen, Herr Direktor?" fragte das große, schlanke Mädchen.

„Weil ich niemand anderen weiß, dem ich diese Aufgabe anvertrauen könnte."

„Niemanden? Ja, dann kann ich doch gar nicht ablehnen. Dem Kind muß doch geholfen werden!"

„Sie sollen es sich überlegen, Anne. Kommen Sie in drei Tagen wieder und sagen Sie mir Bescheid."

Die einundzwanzigjährige Anne Mansfield Sullivan entschied sich für Helen. Sie blieb jedoch noch einige Monate im Perkins'schen Institut, um sich gründlich auf ihre Aufgabe vorzubereiten.

„Hast du die Puppe für Helen eingepackt?"

„Ja, sie ist in der Truhe."

„Vergiß nicht, den Kindern zu schreiben, ob sich Helen darüber gefreut hat. Sie werden ungeduldig auf deinen Brief warten."

Auf dem Bahnsteig des Bostoner Bahnhofs ging Anne Sullivan Arm in Arm mit einer älteren, mütterlichen Frau auf und ab.

„Am sehnsüchtigsten werde ich selbst warten, das weißt du

ja, mein liebes Kind. Vergiß nie, mir kannst du jederzeit dein Herz ausschütten, wenn du mutlos und traurig bist."

„Ich weiß, meine liebe, gute Frau Hopkins, und ich danke Ihnen für all diese Jahre im Institut, in denen Sie wie eine Mutter für mich gesorgt haben", antwortete Anne und drückte der kleinen Frau die Hand.

„Du bist mir ans Herz gewachsen wie ein eigenes Kind, seit du vor sieben Jahren hilflos und fast blind zu uns kamst. Niemand ist glücklicher als ich, daß sich deine Augen so gebessert haben. Weißt du noch, wie stolz ich war, als du im vorigen Jahr dein Lehrerinnenexamen bestanden hast? Es fällt mir sehr schwer, mich von dir zu trennen, Anne."

„Auch mir fällt der Abschied von Ihnen schwer, von Ihnen und von allen im Institut. Ich habe gute Jahre hier verbracht und viel gelernt. Ja, ich werde vielleicht manchmal mutlos sein. Aber ich will meine ganze Kraft daransetzen, diesem armen Kind zu helfen. Ich kann mir keine herrlichere Aufgabe denken!"

Frau Hopkins sah sie an. Wie schön dieses Mädchen ist, dachte sie, wie ihre Augen unter den dunklen Haaren leuchten, wie fein das Gesicht geschnitten ist!

„Ich habe in den letzten Monaten versucht, mir die Erfahrungen zunutze zu machen, die Doktor Howe bei der Erziehung Laura Bridgmans gesammelt hat", sagte Anne. „Doktor Howe war ein großer Wissenschaftler. Sein Wissen und Können werde ich nie erreichen. Ich kann nur versuchen, den gleichen Willen und die gleiche Liebe aufzubringen. Liebe und einen starken Willen werde ich brauchen. Und ich will – ich will!"

„Einsteigen! – Einsteigen!" rief der Schaffner.

„Gott gebe dir Mut und Kraft!" sagte Frau Hopkins und umarmte Anne.

„Tuscumbia! – Tuscumbia!"

Anne hatte ihr Ziel erreicht. Als sie die Sperre des kleinen Bahnhofs durchschritt, trat eine zierliche junge Frau in Begleitung eines hochaufgeschossenen jungen Mannes auf sie zu und fragte: „Fräulein Sullivan?"

„Anne Mansfield Sullivan. Frau Keller?"

„Ja. Und dies ist mein Sohn James. Seien Sie mir willkommen, Fräulein Sullivan. Möge dieser Tag, möge Ihr Aufenthalt in unserem Hause für Sie und für uns alle gesegnet sein."

„Das ist auch mein inniger Wunsch, Frau Keller."

„Kommen Sie, wir fahren gleich nach Hause. James kümmert sich um Ihr Gepäck."

Sie gingen miteinander zu dem Wagen, der vor der Station wartete, und fuhren durch die kleine Stadt. Allenthalben begegnete man noch den Spuren des Krieges, den die Nord- und die Südstaaten gegeneinander geführt hatten. Neben halb zerschossenen Häusern wuchsen Neubauten empor.

„Tuscumbia hat sehr unter den Kämpfen gelitten", sagte Kate Keller. „Mein Mann kann Ihnen davon erzählen. Er hat als Hauptmann in der konföderierten Armee gedient."

Der Wagen bog in eine Allee, die sich zwischen blühenden Magnolienbäumen hinzog. Rötlicher Staub wirbelte unter den Hufen der Pferde auf. Sanfte Hügel dehnten sich zum Horizont.

Im Hof des Landgutes kam ihnen Arthur Keller entgegen.

Er half den Frauen beim Aussteigen und begrüßte Anne mit einem herzlichen Händedruck.

„Wir heißen Sie in Ivy Green willkommen, Fräulein Sullivan, und sind Ihnen dankbar, daß Sie unserem kleinen Mädchen helfen wollen."

Mit Mühe brachte Anne ein paar Worte hervor. Ihr Herz klopfte bis zum Hals, ihre Knie zitterten. Sie fühlte plötzlich das Schicksalhafte dieser Stunde, die Bedeutung, die ihre Begegnung mit Helen sowohl für das Kind wie auch für ihr eigenes Leben haben würde. Deshalb war ihre erste Frage, als sie mit Herrn und Frau Keller auf das Haus zuging: „Wo ist Helen?"

„Dort!" antwortete Arthur Keller und zeigte auf die Veranda. „Sie hat den ganzen Tag gefühlt, daß wir jemanden erwarten. Seit ihre Mutter zum Bahnhof fuhr, ist sie kaum zu bändigen."

Anne sah ein kräftiges kleines Mädchen auf den Stufen der Verandatreppe stehen. Durch dichtes Geißblattgebüsch fiel der Schein der Abendsonne auf das emporgerichtete Gesicht. Nervös und rastlos spielten die Finger mit den Blättern. Plötzlich stutzte das Kind und hob den Kopf. Es fühlte, daß jemand die Verandatreppe heraufkam. Im gleichen Augenblick warf es sich Anne so ungestüm entgegen, daß sie die Treppe hinuntergefallen wäre, wenn Hauptmann Keller, der ihr folgte, sie nicht aufgefangen hätte.

Sobald Anne sich gefaßt hatte, ging sie auf Helen zu, umarmte sie und drückte sie liebevoll an sich.

Ihre Zärtlichkeit weckte jedoch kein gleiches Gefühl. Dem Kind war die Umarmung lästig. Wie ein kleines Zicklein stieß es mit Kopf und Schultern, um sich zu befreien. Als es gelungen war, tastete Helen neugierig nach Gesicht und Kleid der Fremden und geriet dabei an die Reisetasche. Ehe Anne es sich versah, entriß die Kleine ihr die Tasche und fingerte daran, bis sie das Schlüsselloch fand. Mit fragendem Gesicht machte sie eine Bewegung mit der Hand, als drehte sie einen Schlüssel herum.

Vorsichtig versuchte Kate Keller ihr die Tasche aus der Hand zu nehmen, aber das Kind wehrte sich ungebärdig und stampfte wütend mit den Füßen.

„Ich fürchte, sie bekommt wieder einen Wutanfall", sagte die Mutter hilflos.

Rasch legte Anne Sullivan ihre Uhr in Helens Hand, um sie abzulenken.

Sofort war der Zorn verflogen. Wißbegierig befühlte das kleine Mädchen die Uhr und folgte friedlich ins Haus und die Treppe hinauf.

„Dies ist Ihr Zimmer, Fräulein Sullivan", sagte Kate Keller. „Ich hoffe, Sie werden sich wohlfühlen."

„Die schönen Blumen!" rief Anne. „Ich danke Ihnen sehr dafür."

„Wenn Sie es sich jetzt bequem machen und auspacken wollen, werde ich Helen mit mir herunternehmen."

„Lassen Sie sie doch bitte bei mir. Sie kann mir beim Einräumen helfen. Dabei schließen wir am besten Freundschaft."

Anne öffnete ihre Reisetasche und hinderte Helen nicht, alles auszupacken und gründlich durcheinanderzuwühlen. Sicher sucht sie nach Zuckerzeug, dachte sie und führte Helen zu ihrer Truhe, die noch im Hausflur stand. Sie wies darauf, nickte mit dem Kopfe, machte ein Zeichen für Essen und nickte nochmals.

Die Kleine verstand. Fräulein Sullivan hatte eine Truhe, in der sich Zuckerwerk für sie befand. Schleunigst eilte sie, um ihrer Mutter die Neuigkeit durch ausdrucksvolle Zeichen mitzuteilen. Nach kurzer Zeit kam sie zurück. Wie ein Füllen sprang sie durch das Zimmer, berührte alles, lief von einem Gegenstand zum anderen, immer zapplig und in Unruhe.

Anne, die sie aufmerksam beobachtete, mußte lächeln. Sorgfältig studierte sie Helens Äußeres, den gesunden, kräftigen Körper, die blühende Gesichtsfarbe. Die Augen waren tot, an ihnen erkannte man sofort, daß das Kind blind war. Der gutgeformte Kopf mit dem großen, feingeschnittenen Mund wäre schön zu nennen gewesen, hätte dem Gesicht nicht das Wesentlichste gefehlt: Ausdruck, Leben, Seele.

Helen ging auf den Waschtisch zu. Ihre Hände glitten über alle Gegenstände, befühlten die Seifenschale und stießen dabei an ein Glas, das herunterfiel und zerbrach. In der nächsten Sekunde machte sie sich über den Papierkorb her, gleich darauf über den Tisch. Bald waren die unruhigen Finger im Tintenfaß gelandet.

Anne Sullivan griff zu, ehe die schmutzigen Hände weiterwanderten und neues Unheil anrichteten. Sie atmete erleichtert auf, als ihre Truhe heraufgebracht wurde.

Wieder durfte Helen auspacken. Als sie auf die Puppe stieß, die ihr die kleinen blinden Mädchen des Perkins'schen Institutes mitgeschickt hatten, sah Anne sie zum ersten Male lächeln.

Sie beschloß, die gute Laune des Kindes auszunützen und unmerklich mit dem Unterricht zu beginnen.

Um Helen aus ihrer Einsamkeit zu befreien, mußte ihr die Möglichkeit gegeben werden, sich mit ihrer Umwelt zu verständigen. Vor allem war es nötig, in ihrem Inneren das Bild der Welt erstehen zu lassen. Wie konnte das geschehen ohne das Hilfsmittel der Sprache? Taube Menschen können die Lautsprache nicht ohne weiteres erlernen, da ihnen das Gehör zum Erfassen der Laute fehlt. Deshalb hat man für sie ein Fingeralphabet entwickelt: bestimmte, mit den Fingern auszuführende Zeichen für jeden Buchstaben. Taube und Stumme können diese Fingersprache mit den Augen erfassen. Ihre Leidensgenossen, die außerdem noch blind sind, müssen sie fühlen. Dazu muß der ‚Sprechende' ihnen die Buchstaben wie eine Art Morsezeichen in die Handfläche buchstabieren. Nach einiger Übung werden die Buchstaben nicht mehr einzeln aufgenommen, sondern das ganze Wort wird so selbstverständlich erfaßt, wie es einem geübten Leser beim Überfliegen eines Textes gelingt.

Langsam buchstabierte Anne Sullivan dem Kinde das Wort ‚Puppe' (d–o–l–l) in die Hand, ließ es die Puppe anfassen und nickte mit dem Kopfe, wie es Helens Gewohnheit war, wenn sie einen Gegenstand als ihr Eigentum erklärte.

Auf Helens Zügen malte sich Verwunderung. Sie befühlte die Hand ihrer Lehrerin und paßte sorgfältig auf, als ihr das Wort ein paarmal buchstabiert wurde. Dann machte sie es sehr geschickt nach und griff nach dem Spielzeug, das ihr Anne jedoch verweigerte, damit sie die Buchstaben nochmals wiederhole. Darüber wurde das Kind sehr aufgeregt und versuchte mit aller Macht, die Puppe an sich zu reißen.

Anne schüttelte energisch den Kopf, ergriff Helens Hand und versuchte, die störrischen Finger mit Gewalt zum Buchstabieren zu bringen. Vergeblich. Helen kratzte, kniff und trat mit den Füßen, und Anne mußte all ihre Kraft anwenden, um das Kind auf einen Stuhl zu drücken und festzuhalten. Eine tiefe körperliche und seelische Ermattung überkam sie. Lange würde sie den Kampf nicht durchhalten können. Das Kind mußte auf andere Weise gebändigt werden. Sie ließ es los, holte einen Keks, zeigte ihn Helen und buchstabierte ihr das Wort ‚Keks' (c–a–k–e) in die Hand.

Gierig griff Helen nach dem Gebäck, das ihr Anne jedoch mit nachdrücklichem Kopfschütteln verweigerte. Sie buchstabierte das Wort noch einmal und streichelte das Kind, bis es die Buchstaben endlich gehorsam nachahmte. Nun bekam es seinen Keks und schlang ihn hastig hinunter.

Wie ein junger Hund, den man abrichtet, dachte Anne. Das Herz wurde ihr schwer, als sie die Größe ihrer Aufgabe erkannte. Wieder nahm sie die Puppe, hielt sie Helen hin und buchstabierte das Wort von neuem.

„D–o–l", wiederholte das Kind.

Anne gab sich damit zufrieden, ergänzte selbst das fehlende ‚l' und gab der Kleinen das Spielzeug.

Stürmisch riß Helen die Puppe an sich, und ehe die Lehrerin sich versah, stürzte ihre Schülerin zur Tür hinaus, lief die Treppe hinunter und war für den Rest des Tages durch nichts mehr zu bewegen, in das Zimmer zurückzukehren.

Erst am nächsten Morgen fand sie sich wieder ein.

Anne beachtete Helen zunächst gar nicht und ließ sie ungehindert herumstöbern. Nach einer Weile holte sie eine Nähkarte, zog das kleine Mädchen an sich und ließ es eine Reihe vorgearbeiteter senkrechter Stiche und die in der Pappe befindlichen Löcher sorgfältig betasten. Dann gab sie ihm die Karte in die linke und eine dicke eingefädelte Nadel in die rechte Hand, die sie nur bei den ersten Stichen führte.

Helen begriff schnell, was von ihr verlangt wurde, und nähte die Karte in kurzer Zeit selbständig und recht ordentlich aus. Als sie damit fertig war, buchstabierte ihr Anne das Wort ‚Karte' (c–a–r–d) in die Hand.

„C–a", wiederholte Helen langsam, dann stutzte sie. Plötzlich machte sie ihr Zeichen für Essen, zog Anne hastig zur Tür und wies nach unten. Die beiden Buchstaben ‚c–a' hatten ihr die Erinnerung an den vorhergehenden Tag und an das Wort ‚cake' zurückgerufen, ohne daß sie vorläufig jedoch die wirkliche Bedeutung der Wörter begriff.

Anne vollendete das Wort ‚cake', bevor sie Helen einen Keks gab. Während das Kind daran knabberte, buchstabierte Anne ‚Puppe' und fing an zu suchen.

Eifrig verfolgte Helen die Bewegungen und verstand sofort, worum es sich handelte. Sie zeigte nach unten, wo sich die Puppe befand.

„Geh und hole sie!" befahl Anne ihr mit ihren eigenen Zeichen.

Das Kind ging ein paar Schritte, dann blieb es stehen. Mit mürrischem Gesicht fuchtelte es ungezogen in der Luft herum: „Geh doch selber!"

Nachdrücklich buchstabierte Anne das Wort ‚Puppe' noch einmal und öffnete die Tür.

Helen machte sich ganz steif und rührte sich nicht von der Stelle.

Anne nahm ihr den halb aufgegessenen Keks weg und erklärte durch Zeichen: „Du bekommst ihn wieder, sobald du die Puppe geholt hast!"

Eine Weile blieb Helen bockig stehen. Ihr Gesicht färbte sich dunkelrot. Dann siegte ihre Naschhaftigkeit. Sie ging hinunter, holte die Puppe und bekam ihren Keks zurück. Wieder verließ sie fluchtartig das Zimmer und mied es den ganzen Tag. Sie fühlte einen Willen, der stärker war als der ihre, und stemmte sich ihm blindlings entgegen. Noch ahnte sie nicht, daß es dieser Wille war, der ihre Fesseln sprengen würde.

4

Durch das Fenster des Wohnzimmers schien die Morgensonne. Die Familie war vollzählig beim Frühstück versammelt.

Helen, die neben Anne Sullivan saß, schob ihre Hände mit auseinandergespreizten Fingern über den Tisch und landete in einer Schüssel mit Rührei. Beim Weitersuchen verschmierte sie das Eigelb auf dem Tischtuch. Endlich fand sie die Zuckerdose und riß sie mit der Linken stürmisch an sich, griff mit der Rechten hinein und streute den Zucker mit voller Hand auf ihren Brei. Als sie genug hatte, streckte sie die Zunge weit heraus und leckte die klebrigen Finger ab.

Verstohlen betrachtete Anne Sullivan die Familie. Niemand schien an Helens Manieren Anstoß zu nehmen. Ungehindert konnte sie mit beiden Händen in die Schüsseln fassen und sich aussuchen, was sie wollte. Ihre Finger durften auch auf die Teller der Familienmitglieder wandern und sich von dort holen, was ihr besonders reizvoll erschien. Die Spuren dieser Beutezüge: Marmelade, Rührei, Zucker, Fett, die an den unruhigen

Fingern haftenblieben, wurden an Helens Kleid oder am Tischtuch abgewischt.

Anne schauderte, und als die Kinderhände sich ihrem Teller näherten und ein Stück Schinken ergreifen wollten, wehrte sie energisch ab.

Das hatte Helen noch nicht erlebt. Sie versuchte sofort einen neuen Angriff. Wieder wurde sie abgewehrt. Dunkle Röte überzog ihr Gesicht. Heftig versuchte sie, Annes Teller an sich zu ziehen, bekam jedoch einen kräftigen Schlag auf die Hand. Mit einem wütenden Schrei sprang das kleine Mädchen so jäh auf, daß der Stuhl polternd umschlug. Es stieß ihn mit dem Fuß beiseite und warf sich auf den Boden.

Die Familie hatte den Kampf mit wachsender Verlegenheit beobachtet. Leise verließ einer nach dem anderen den Raum.

Als Anne mit dem Kind allein war, verschloß sie die Tür des Speisezimmers. Dann setzte sie sich wieder an den Tisch. Der Ekel würgte ihr in der Kehle. Sie zitterte am ganzen Körper vor Erregung. Dabei mußte sie alle Kraft zusammennehmen, um Helen Widerstand zu leisten, die schreiend und um sich schlagend auf dem Fußboden lag und wie rasend versuchte, den Stuhl unter Anne wegzuziehen.

Eine gute halbe Stunde dauerte dieser Kampf. Allmählich wurde Helen ruhiger. Endlich stand sie auf und versuchte herauszubekommen, womit ihre Lehrerin sich beschäftigte.

Anne zwang sich zum Essen, wies aber Helens neuerliche Versuche, auf ihren Teller zu greifen, wiederum ab.

Knurrend griff das kleine Mädchen sie immer wieder in den Arm und bekam dafür jedesmal einen kräftigen Schlag auf die

Hand. Langsam wurde es auch dieses Streites überdrüssig. Nun ging es um den Tisch herum und suchte die Familie. Als es niemanden fand, setzte es sich wieder zu seinem Frühstück und aß wie vorher mit den Fingern.

Anne drückte ihr einen Löffel in die Hand. Helen schleuderte ihn heftig zu Boden. In einem erbitterten Ringen zwang Anne das Kind, vom Stuhl aufzustehen, den Löffel aufzuheben, sich wieder auf seinen Platz zu setzen und mit dem Löffel zu essen.

Nachdem Helen ihr Frühstück beendet hatte, warf sie die Serviette auf die Erde und ging zu der verschlossenen Tür. Als sie sie nicht öffnen konnte, bekam sie einen neuen Wutanfall. Brüllend stieß sie mit den Füßen gegen die Tür.

Abermals entbrannte ein heftiger Kampf. Erst nach einer vollen Stunde hatte Anne erreicht, daß Helen ihre Serviette aufhob und ordentlich zusammenlegte.

Dann schickte Anne das Kind in den Garten und ging müde und zerschlagen in ihr Zimmer hinauf. Sie schloß die Tür hinter sich ab und warf sich auf ihr Bett. Ihre Nerven versagten. Langsam begannen die Tränen zu fließen. Sie fürchtete, ihrer Aufgabe nicht gewachsen zu sein. Ein verzweifeltes Gefühl von Einsamkeit und Verlassensein überkam sie. Nach ihrer traurigen Kindheit hatte sie sieben Jahre im Perkins'schen Institut verbracht, und nun, mit einundzwanzig Jahren, war sie völlig auf sich selbst angewiesen. Wo sollte sie sich Rat holen, wer sollte ihr helfen?

Als sie ruhiger geworden war, stand sie auf und trat ans Fenster. Draußen lag der üppige, blühende Garten im Sonnenschein. Der Duft der Blumen und Sträucher drang ins Zimmer.

Annes Tränen versiegten. Sie beugte sich zum Fenster hinaus.

Auf dem Rasen unter einem blühenden Strauch saß Helen und schmiegte sich eng an die Jagdhündin Belle. Sie hatte einen Blütenzweig zu sich herabgezogen und atmete mit emporgerichtetem Gesicht den Duft ein. Über das starre, verweinte Kindergesicht glitt ein Sonnenstrahl.

Annes Herz krampfte sich zusammen. War das Kind da unten, das unbewußt die Strahlen der Sonne und den Duft der Blumen als einzige Freuden seines armseligen Daseins suchte, bei aller Elternliebe nicht ebenso einsam wie sie selbst? War es in der Sinnlosigkeit seines stumpfen Lebens nicht viel unglücklicher als sie? – Nein, sie durfte nicht schwach werden, sie durfte nicht versagen. Sie mußte alles tun, um Helen zu helfen.

„Tuscumbia, Alabama, 11. März 1887

Meine liebe Frau Hopkins!

Seit ich Ihnen das letztemal schrieb, sind wir, Helen und ich, nach einem kleinen Gartenhause, das nicht weit von dem Familienheim Ivy Green liegt, umgezogen und leben hier ganz für uns allein. Ich erkannte sehr bald, daß mit Helen im Schoße ihrer Familie, die ihr stets in allem den Willen gelassen hat, absolut nichts anzufangen sei. Sie hat jedermann tyrannisiert, ihre Mutter, ihren Vater, die Dienerschaft, die Negerkinder, die mit ihr spielten, und niemand ist ihr je ernstlich entgegengetreten, außer ihrem Bruder James. Wie alle Tyrannen hält sie zäh an ihrem Recht fest, alles zu tun, was ihr beliebt. Sie wollte um keines Haares Breite nachgeben, und es kam jedesmal zu einem verzweifelten Kampf. Im Guten konnte ich gar nichts von ihr erreichen. Selbst zu den einfachsten Dingen, wie zum Kämmen ihres Haares, zum Händewaschen, zum Zuknöpfen ihrer Schuhe mußte sie mit Gewalt angehalten werden, und stets war ein Auftritt die Folge. Die Angehörigen fühlten natürlich Neigung, sich einzumischen, namentlich ihr Vater, der es nicht ertragen kann, Helen weinen zu sehen. So waren alle gewillt, des lieben Friedens halber immer nachzugeben.

Ich sah klar, daß jeder Versuch, Helen im Gebrauch der Sprache oder in sonst etwas zu unterrichten, zwecklos sein würde, solange sie nicht gelernt hatte, mir zu gehorchen. Ich habe viel darüber nachgedacht, und je reiflicher ich mir alles überlege, desto fester bin ich davon überzeugt, daß Gehorsam das Tor ist, durch welches das Wissen, ja sogar die Liebe ihren Einzug in die Seele eines Kindes halten. Wie ich Ihnen schon schrieb, glaubte ich anfangs, nur Schritt für Schritt vorgehen zu dürfen. Ich hatte mir vorgenommen, die Liebe und das Vertrauen meines kleinen Zöglings durch dieselben Mittel zu gewinnen, die ich angewendet haben würde, wenn Helen hätte sehen und hören können. Aber sehr bald fand ich, daß mir kein Weg zu ihrem Herzen offenstand. Sie nahm alles, was ich für sie tat, als selbstverständlich hin, sie wehrte meine Liebkosungen ab, und es war mir unmöglich, ihre Zuneigung zu erwerben.

Ich hatte eine offene Aussprache mit Frau Keller und setzte ihr auseinander, wie schwer es unter diesen Umständen für mich sei, etwas mit Helen zu beginnen. Ich erklärte ihr, daß meiner Meinung nach das Kind mindestens für einige Wochen von der Familie getrennt werden und daß Helen mir gehorchen lernen müsse, ehe ich irgend etwas anderes unternehmen könne. Nach einer langen Pause antwortete mir Frau Keller, sie wolle sich die Sache überlegen und hören, was ihr Gatte zu dem Plan meinte. Hauptmann Keller willigte gegen mein Erwarten sehr rasch ein, und ich beeilte mich, die Vorkehrungen zum Umzug so bald wie möglich zu treffen.

In der neuen Wohnung zeigte sich Helen anfangs sehr ungebärdig, und am Einzugstag war es erst nach einem zweistündigen Kampf möglich, sie zu Bett zu bringen. Am nächsten Morgen war sie ruhiger, litt aber offenbar unter Heimweh. Sie spielte mehr als sonst mit ihren Puppen und behandelte sie mit großer Zärtlichkeit. Aber von mir wollte sie nichts wissen.

Helen kennt jetzt verschiedene Wörter, hat aber weder eine Ahnung von ihrem Gebrauch, noch weiß sie, daß jedes Ding seinen Namen hat. Ich glaube jedoch, daß sie leicht und schnell lernen wird. Sie ist außerordentlich lebhaft und geschäftig und in ihren Bewegungen ebenso rasch wie unstet.

Leben Sie wohl, meine Liebe, und ängstigen Sie sich nicht um mich.

Ihre Anne Sullivan."

Der Aufenthalt in dem Gartenhäuschen dauerte vierzehn Tage.

Anne Sullivan nutzte die Zeit gut aus. Helen legte einen großen Teil ihrer Starrköpfigkeit ab. Manchmal setzte sie sich sogar von selbst auf Annes Schoß, erwiderte ihre Liebkosungen jedoch niemals. Sie lernte nicht nur neue Wörter buchstabieren, sondern auch häkeln, stricken und nähen.

Zuweilen ließ Anne einen kleinen Negerknaben am Unterricht teilnehmen und unterwies ihn ebenfalls im Fingeralphabet. Das weckte Helens Ehrgeiz. Sie gab sich große Mühe, ihren Mitschüler zu übertreffen, und freute sich sehr, wenn er etwas falsch machte. Dann bestand sie darauf, daß er die Buchstaben mehrmals wiederholte. Löste er seine Aufgabe aber richtig, so klopfte sie ihm als Anerkennung so kräftig auf den Kopf, daß er es wahrscheinlich für viel angenehmer und gesünder hielt, Fehler zu machen.

Helen war sehr stolz auf alles, was sie lernte, und zeigte ihrem Vater, der sie zweimal täglich besuchte, glücklich ihre erste selbstgehäkelte Spitze aus dicker Wolle. Zufrieden klopfte sie sich auf den Arm und schmiegte ihre Wange an die weiche Wolle. Dann setzte sie sich auf den Boden neben Belle, die den Vater begleitete, ergriff die Pfoten der Hündin und versuchte eifrig, ihr das Fingeralphabet beizubringen. Aber Belle versagte wie gewöhnlich.

Nach vierzehn Tagen fiel Hauptmann Keller auf, daß Helen viel weniger aß als früher.

„Das kommt vom Heimweh, Fräulein Sullivan", sagte er. „Bitte, kommen Sie mit ihr ins Haus zurück."

Anne blieb nichts übrig, als dem Wunsch des Vaters zu entsprechen, obwohl sie den verringerten Appetit weniger für Heimweh hielt, als für ein Zeichen, daß es jetzt bereits stärkere Zerstreuungen und Befriedigungen in Helens Leben gab als Essen und Trinken.

Nach ihrer Rückkehr ins Familienhaus hatte Anne eine ernste Unterredung mit den Eltern.

„Ich danke Ihnen für Ihr Vertrauen, denn ich glaube, daß diese Tage Helen und mich einen großen Schritt vorwärts gebracht haben."

„Ich habe schon mit meiner Frau darüber gesprochen, Fräulein Sullivan, und wir sind beide glücklich über die Veränderung, die mit Helen vorgegangen ist. Unleugbar hat sich das Rastlose und Unstete in ihrem Wesen gelegt. Man könnte fast sagen, sie ist ein fröhliches und ruhiges Kind geworden. Wir sind Ihnen beide sehr dankbar dafür."

„Dann darf ich Sie bitten, mir weiter Ihr Vertrauen zu schenken und überzeugt zu sein, daß ich nur Helens Bestes will. Glauben Sie mir bitte, daß es für mich zumindest ebenso schlimm gewesen ist wie für das Kind, wenn ich es bestrafen mußte. Aber Helen muß fühlen, daß nicht alles nach ihrem Willen geht. Das ist das Erste und Wichtigste, wenn ich weiterkommen will. Ich kann es gut verstehen, daß Sie ihr alles durchgehen ließen, aber es hilft ihr nicht weiter, im Gegenteil. Erst jetzt, wo ein Nein und ein Ja, begleitet von einem Kopfnicken oder Kopfschütteln, für Helen so greifbare Tatsachen geworden sind wie Wärme und Kälte, kann ich mit meiner eigentlichen Arbeit einsetzen. Bitte, lassen Sie mir weiter freie Hand und zerstören Sie nicht durch übergroße Nachsicht, was Helen sich unter Kummer und Schmerzen aneignen mußte."

Die Eltern schwiegen eine Weile, dann sagte die Mutter: „Sie haben sicherlich recht, Fräulein Sullivan, und wir werden uns bemühen, Sie in allem zu unterstützen."

„Ich kann meiner Frau nur beipflichten", fügte der Vater hinzu.

Einige Stunden später, beim Abendessen, erlitten sowohl Hauptmann Keller wie seine Tochter einen Rückfall.

Helen weigerte sich, ihre Serviette zu benutzen. Jedesmal, wenn Anne sie ihr um den Hals legte, riß das Kind sie wieder ab und warf sie auf die Erde. Dabei trommelte es mit den Fußspitzen von unten gegen die Tischplatte, daß die Teller in die Höhe sprangen.

Als Anne sie aus dem Zimmer führen wollte, erhob Arthur Keller Einspruch: „Nein, Fräulein Sullivan, das geht nicht! Helen muß essen! Ich habe meine Kinder niemals hungern lassen, und ich möchte das auch in Zukunft nicht tun."

Anne unterdrückte einen Seufzer und fügte sich.

Am nächsten Morgen wiederholte sie den Auftritt mit der Serviette in ihrem Zimmer und hielt ein Stück Kuchen als Belohnung bereit, das Helen erst bekam, nachdem sie sich zum Gehorsam durchgerungen hatte.

5

Im warmen Morgensonnenschein hockte Helen im Garten vor einem Salatbeet und buddelte. Als sie Anne herankommen fühlte, wandte sie sich aufgeregt nach ihr um. Ihr Gesicht war vor Eifer gerötet. Anne sah, daß sie ihre Puppe Nancy neben einem Salatkopf bis zum Halse eingegraben hatte. Mit lebhaften Zeichen erklärte Helen: „Ich habe Nancy eingepflanzt. Sie wird jetzt wachsen und ebenso groß werden wie du."

Anne lächelte, strich ihr über das Haar und nahm sie bei der Hand, um den allmorgendlichen Spaziergang durch den Garten zu machen. Hier und da blieben sie bei den Landarbeitern stehen, und Helen verfolgte mit ihren Händen neugierig das Graben, Jäten und Pflanzen.

Um zehn Uhr gingen sie ins Haus, und der Unterricht begann.

Als erstes fädelte das Kind einige Minuten lang große und kleine Perlen in regelmäßigen Mustern auf, die sie sich bald selbst ausdachte. Dann durfte sie bestimmen, ob sie an dem

Waschlappen für ihre Mutter stricken, an der Puppenschürze für Nancy nähen oder lieber häkeln wollte. Anne war sehr zufrieden mit ihren Handarbeiten.

Nach dem Stillsitzen folgte eine Turnstunde, die Helen besonders liebte. Es dauerte nicht lange, bis sie alle Freiübungen mit und ohne Hanteln kannte.

Bis zum Mittagessen gab ihr Anne regelmäßig systematischen Buchstabierunterricht. Aber abgesehen von dieser Lektion buchstabierte sie ihr den ganzen Tag in die Hand. Sie wußte, daß das Kind den Sinn dieser Beschäftigung noch nicht begriff, und doch war es ihr, als sei jedes neue Wort, das sie ihrer Schülerin in die Hand vermittelte, ein Samenkorn, das eines Tages aufgehen würde.

Nach dem Essen ruhte Anne gewöhnlich eine Stunde. Meist spielte Helen während dieser Zeit draußen mit den kleinen Negerkindern. Später durchstreifte Anne mit ihr das ganze Grundstück. Sie trieben sich in den Ställen umher, fütterten die Tiere und holten die Eier aus den Nestern, oder sie machten Spaziergänge und Besuche, denn Helen liebte Geselligkeit.

Anne hatte Frau Keller gebeten, Helen in ihrem Zimmer schlafen zu lassen. Sie wollte das Kind ständig um sich haben.

„Ich werde Ihnen eine Negerin geben", hatte Kate darauf erwidert, „die Helens Wartung übernehmen kann."

„Ich möchte das gern selbst tun", antwortete Anne. „Wenn Sie mir irgendeine Frau zur Hilfe geben, muß ich sie beaufsichtigen. So aber gewöhnt sich Helen vollkommen an mich, und ich kann sie bei jeder Gelegenheit unterrichten, ohne mich unbedingt an festgesetzte Stunden zu halten."

Sie brachte das Kind zu Bett, wachte über seinen Schlaf und war beim Erwachen sofort an seiner Seite.

Eines Morgens, als sie Helen wusch, deutete die Kleine auf das Wasser in der Schüssel und streichelte Annes Hand. Das war ihre Art, nach dem Namen einer Sache zu fragen. Anne buchstabierte ihr das Wort ‚Wasser' in die Hand und zog sie fertig an.

Als sie nach dem Frühstück miteinander in den Garten gingen, fiel ihr ein, daß sie Helen vielleicht mit Hilfe des Wortes ‚Wasser' den Unterschied zwischen ‚Becher' und ‚Milch' klarmachen könne, den sie bisher noch nicht begriffen hatte. Das Kind glaubte, die beiden Wörter bedeuteten ‚Trinken' und machte jedesmal die Bewegung des Trinkens, wenn es sie buchstabierte.

Anne holte einen Becher, gab ihn Helen, ging mit ihr zur Pumpe und pumpte das Wasser in das Gefäß. Der klare, kühle Strahl schoß über die Kinderhand und füllte den Becher. Gleichzeitig buchstabierte Anne das Wort ‚Wasser' immer wieder in Helens freie Hand.

Plötzlich stutzte Helen. Der Becher entglitt ihrer Hand. Sie blieb unbeweglich stehen. Endlich löste sich ihre Erstarrung, und sie wurde von einer neuen, seltsamen Lebendigkeit ergriffen. Über ihr Gesicht ging ein Leuchten, das Anne noch nie an ihr bemerkt hatte, und sie buchstabierte ein paarmal das Wort ‚Wasser'. Dann kniete sie nieder, berührte die Erde mit beiden Händen und fragte durch Zeichen: „Was ist das?"

Langsam erhob sie sich und fragte nach dem Namen ihrer Puppe. Dann wandte sie sich an Anne: „Und wer bist du?"

Es war, als ob ein Blitzschlag Helen getroffen und eine Flamme in ihrem Inneren entzündet hätte. Eine dunkle Erinnerung an Vergangenes, an jenes letzte Wort, das sie einst gesprochen, war in ihr wach geworden und hatte sie den Sinn der Sprache und die Bedeutung der Wörter erkennen lassen.

Strahlend, lebendig wie nie zuvor, lief sie mit ausgestreckten Armen durch den Garten. Sobald sie etwas berührte, erfragte sie den Namen. In wenigen Stunden lernte sie dreißig neue Wörter, unter ihnen so inhaltreiche wie ‚Vater', ‚Mutter', ‚Schwester', ‚Lehrerin'.

Als Anne sie am Abend zu Bett brachte und ihr das Nachthemdchen überstreifte, warf sich Helen plötzlich leidenschaftlich in ihre Arme, schmiegte sich fest an sie und küßte sie zum ersten Male.

„Ich glaubte, mein Herz müßte vor Freude zerspringen", schrieb Anne an Frau Hopkins, als sie ihr davon berichtete.

6

Ein Zauberstab hatte Helens Welt des Schweigens und der Finsternis in eine blühende Landschaft verwandelt, in der sie glückstrahlend umherlief.

Auch am nächsten Tage ließ ihr Eifer nicht nach. Sie lernte zahlreiche neue Wörter. Für jedes einzelne war sie dankbar, nach jedem fiel sie ihrer Lehrerin um den Hals und küßte sie. Annes Saat war aufgegangen.

Sie ließ den regelmäßigen Unterricht einstweilen völlig fallen. Sie wollte Helen das Sprechen durch das Fingeralphabet beibringen wie einem kleinen Kind, das zuerst die Namen der Dinge und Gegenstände lernt und dann erst ihren Zweck begreift.

„Helen soll sprechen lernen, wie ein junger Vogel fliegen lernt, weil er nicht anders kann", erklärte sie den Eltern.

Der Erfolg gab ihr recht. In kurzer Zeit wuchs Helens Wortschatz erstaunlich an.

Anfangs gebrauchte sie genauso wie Kinder, die hören und

sprechen können, nur einzelne Wörter statt eines ganzen Satzes. Anstatt zu buchstabieren: „Gib mir Milch!" sagte sie nur: „Milch!" und machte eine entsprechende Handbewegung dazu. Und wenn sie mit fragendem Ausdruck: „Mutter?" buchstabierte, so hieß das: „Wo ist Mutter?"

Anne antwortete stets mit einem vollständigen Satz. Sie nahm an, daß sich das dem Kind allmählich einprägen würde und es schließlich von selbst dazu käme, in ganzen Sätzen zu sprechen.

In dieser Zeit brachte Helen ihrer Mutter einmal ein paar Bonbons mit, die sie geschenkt bekommen hatte, und buchstabierte: „Gib Baby Bonbon!"

„Baby nicht essen!" antwortete die Mutter, die das Fingeralphabet inzwischen ebenfalls erlernt hatte.

Helen ging zu der Wiege, in der Mildred lag. Vorsichtig griff sie in den Mund des Schwesterchens. Dann zeigte sie fragend auf ihre eigenen Zähne.

„Zähne!" buchstabierte die Mutter.

Helen dachte nach und meinte schließlich: „Baby keine Zähne – Baby nicht essen!"

„Also hat sie doch verstanden, daß Mildred die Bonbons nicht essen kann, weil sie noch keine Zähne hat, nicht wahr, Fräulein Anne?" fragte Kate glücklich.

„Sicherlich. Ihr Verstand wächst von Tag zu Tag. Seit ein paar Tagen spiele ich eine Art Versteckspiel mit ihr. Zuerst begriff sie nicht recht, worum es geht, und suchte an den unmöglichsten Stellen – ihren Ball zum Beispiel unter der Schreibtafel. Aber allmählich wird sie immer geschickter. Gestern versteckte ich einen Zwieback, den sie lange nicht finden konnte. Plötzlich schoß sie auf mich los, öffnete energisch meinen Mund und suchte darin herum. Dann legte sie die Hand auf meinen Magen und fragte: ‚Essen?' – Sie glaubte, ich hätte den Zwieback aufgegessen."

Kate lachte. „Es ist wirklich bewundernswert, wie Sie Helen zum Nachdenken bringen!"

„Ich überlege mir immer wieder den besten Weg, ihr etwas verständlich zu machen. Und sie begreift ja so leicht! Wissen Sie noch, wie sie früher ein Stückchen Haut der einen Hand zwischen Daumen und Zeigefinger der anderen hochhob, wenn sie einen kleinen Gegenstand haben wollte?"

„Natürlich", antwortete die Mutter. „Und wenn sie einen großen Gegenstand meinte, spreizte sie die Finger und näherte die beiden Hände einander, als ob sie einen großen Ball auffangen wollte."

„Jawohl, aber als ich ihr die Wörter ‚klein' und ‚groß' beibrachte, wandte sie sie sofort richtig an und gebraucht seitdem die alten Zeichen nicht mehr."

Nach diesem Gespräch ging Anne in ihr Zimmer hinauf, um einen Brief zu schreiben.

Aber bald stürzte Helen aufgeregt ins Zimmer. Ungestüm griff sie nach Annes Hand und buchstabierte immer wieder: „Hund–Baby!", deutete zwischendurch auf ihre fünf Finger und lutschte an ihnen.

Anne erschrak. War die kleine Mildred etwa von einem Hund gebissen worden? Doch Helen sah so freudig erregt aus, daß ihre Angst schwand.

Sie folgte dem Kind die Treppe hinunter, über den Hof in den Schuppen. Dort fand sich des Rätsels Lösung. In einer Ecke lag eine Hühnerhündin mit fünf neugeborenen Jungen.

Das kleine Mädchen hockte sich vor ihnen nieder und legte beide Hände auf die saugenden Jungen. Dann tastete sie weiter. Als Ergebnis ihrer Forschungen buchstabierte sie: „Augen geschlossen. Schlafen nicht", zeigte auf einen Hund nach dem anderen und danach wieder auf ihre fünf Finger.

„Fünf!" buchstabierte Anne.

Nun deutete Helen auf das kleinste Hündchen und buchstabierte fragend: „Klein?"

„Sehr klein", antwortete Anne.

Helen begriff sofort. Sie holte zwei Steine und nannte den größeren ‚klein', den anderen ‚sehr klein' und meinte: „Baby – klein, junger Hund – sehr klein!"

Immer größere Fortschritte machte das Kind, immer wißbegieriger wurde es.

Bald sah Anne ein, daß sie Helen das Lesen beibringen müsse, um ihren Wissensdurst besser stillen zu können.

Sie gab ihr Pappstreifen, auf die ein ihr bekanntes Wort in erhöhten Buchstaben geprägt war, und Helen erfaßte schnell, daß es Wörter waren, die sie mit ihren Fingern fühlte. Bald setzte sie die einzelnen Wörter in einem kleinen Rahmen zu kurzen Sätzen zusammen oder legte sie auf die entsprechenden Gegenstände und stellte gleichzeitig den Inhalt des Satzes dar. Sie packte ihre Puppe ins Bett und legte die Streifen ‚Puppe', ‚ist', ‚im', ‚Bett' dazu. Oder sie nahm das Wort ‚Mädchen' in die

Hand, brachte am Schrank die Wörter ‚ist im Kleiderschrank' an und stieg dann in den Schrank. Dieses Spiel bereitete Helen unbändiges Vergnügen, und sie spielten es stundenlang zusammen.

Nach kurzer Zeit konnte Anne von den Streifen zu Büchern übergehen. In ihrer kleinen, in erhabenen Buchstaben gedruckten Fibel suchte Helen alle Wörter heraus, die sie kannte.

„Laß uns sehen, wer schneller ein Wort findet, du mit deinen Fingern oder ich mit meinen Augen", schlug Anne vor, als sie in der Astgabel eines wilden Kirschbaumes saßen, wo sie das Spiel am liebsten trieben.

Glaubte Helen sich Siegerin, fiel sie Anne vor Freude um den Hals und küßte sie stürmisch.

Bei ihren Leseübungen stieß Helen eines Tages auf das Wort ‚braun'.

„Was ist das, Fräulein?"

„Dein Haar ist braun, Helen!"

„Ist braun sehr hübsch?"

Anne versuchte, dem Kind eine Erklärung für die Farben zu geben, und nun ging es durch das ganze Haus:

„Was für eine Farbe hat der Stuhl? – Dieses Buch? – Mutters Kleid? – Vineys Schürze? – Mildreds Augen? – Ihre Augen sind blau? – Sie Augen wie kleine Himmel?"

„Ob sie aus der Zeit vor ihrer Krankheit noch eine Erinnerung an Farben hat?" meinte die Mutter, die die beiden beobachtet hatte.

„Ich glaube fast", antwortete Anne. „Ich denke, alles, was wir gesehen und gehört haben, bleibt in unserem Gedächtnis haften. Es mag zu unbestimmt und verworren sein, um deutlich wiedererkannt zu werden, aber es ist da wie eine Landschaft, deren Anblick sich uns bei hereinbrechender Dämmerung verschleiert."

Das Wetter war unerträglich schwül geworden.

Helen magerte ab, litt an Appetitlosigkeit und konnte nachts nicht schlafen.

„Ihr Geist ist zu rege", sagte der Arzt.

Aber diese Regsamkeit konnte man nicht unterbinden.

Kaum erwacht, begann Helen zu buchstabieren. Antwortete Anne ihr nicht, um sie zur Ruhe zu zwingen, buchstabierte das Kind in seine eigene Hand und unterhielt sich mit sich selbst.

Eines Abends fand Anne das Kind fest schlafend mit einem großen Buch in den Armen in seinem Bettchen. Es mußte beim Lesen eingeschlafen sein und wachte auf, als Anne ihm das Buch vorsichtig entwand.

„Warum hast du das Buch mit ins Bett genommen?" fragte Anne.

„Buch weinen", antwortete Helen und tat, als ob sie zittere und sich fürchte.

Doch als die Lehrerin ihr den Begriff ‚Furcht haben' erklärte, sagte das Kind: „Helen hat keine Furcht. Buch hat Furcht. Buch will bei kleinem Mädchen schlafen."

„Nein, das Buch fürchtet sich nicht und muß im Schrank schlafen, und Helen darf nicht im Bett lesen."

Helen lächelte listig und streichelte gleichzeitig etwas verlegen Annes Hand.

„Komm, faß ganz vorsichtig zu, Helen!"

„Ist das nicht ein Hühnerei, Fräulein?"

„Ja – Paß gut auf, gleich wird etwas Wunderbares geschehen!"

Plötzlich spürte das Kind in seinen behutsamen Fingern ein leises Picken gegen die Schale.

„Fräulein, in dem Ei ist etwas Lebendiges!"

„Warte nur ab, Helen!"

„Fräulein, die Schale zerbricht! – Oh, jetzt hat Helen etwas in den Finger gepiekt!"

„Leg beide Hände um das Ei, Helen, aber ganz leise und zart!"

Und bebend vor Spannung fühlte Helen, wie die Eierschale barst, wie sich ein spitzes Schnäbelchen durchbohrte und ein kleines Köpfchen folgte. Endlich hielt sie ein kleines, feuchtes Küken, an dem noch Eierschalen klebten, in der Hand.

„Ein junges Hühnchen ist aus dem Ei gekrochen, Helen! Komm, tu es hier in diesen Topf mit Federn. Es braucht noch Wärme."

„Da sind ja schon welche, Fräulein?!"

„Sie sind schon eher aus anderen Eiern gekrochen. Leg deinen Finger unter ein Köpfchen, dann fühlst du, wie sie ‚tschip-tschip' machen!"

So hatte Helen genau wie ein sehendes und hörendes Kind Anteil an den großen Wundern der Natur.

Die unerträgliche Hitze hielt an, und Helen wurde immer blasser und nervöser.

Um sie zum Stillsitzen zu bringen, begann Anne, sie die

Quadratschrift zu lehren. Unter dem Schreibpapier lag eine Pappe mit horizontalen Rinnen, in die das Papier mit dem ungespitzten Ende des Bleistifts gepreßt wurde. Die kleinen Buchstaben zeichnete man in die Rinnen, die Ober- und die Unterlängen etwas darüber und darunter hinaus.

Stundenlang übte Helen unermüdlich und geduldig. Nach kurzer Zeit beherrschte sie die Schrift.

Nun lernte sie die von dem Franzosen Braille erfundene Blindenschrift, die aus einer bestimmten Anordnung von erhabenen Punkten besteht. Man führt sie mit einem eigens dafür hergestellten Stift, dem Braille-Stift, aus, und Helen hatte besondere Freude daran, als sie begriff, daß sie das von ihr Geschriebene jetzt auch selbst lesen konnte.

Von dieser Zeit an schrieb sie nur noch ungern in Quadratschrift, und in ihrer Unlust brach sie häufig den Bleistift ab. Schalt Anne sie deswegen, so erklärte sie, der Bleistift sei schwach und habe Kopfschmerzen, deshalb müsse sie mit dem Braille-Stift schreiben.

An einem drückend heißen Vormittag ging Anne, die lesend mit Helen in dem wilden Kirschbaum gesessen hatte, ins Haus, um das Frühstück herauszuholen. Helen blieb auf dem Baum zurück und buchstabierte sich ein paar beim Lesen neugelernte Wörter in die Hand.

Plötzlich spürte sie, daß um sie her eine Veränderung vorging. Die Erde strömte einen seltsamen Geruch aus, und die strahlende Wärme der Sonne verwandelte sich in dumpfe, bleierne Schwüle. Die Luft schien stillzustehen.

Der Himmel hatte sich umwölkt, wußte Helen und erschrak

bis ins Herz. Sie kannte diesen Geruch und diese Stille. Ein Gewitter zog auf. Und sie saß hier allein und hilflos auf dem Baum!

Ein jähes Zittern in den Zweigen. Ein heftiger Windstoß.

Entsetzt klammerte sich Helen an die bebenden Äste. Abgerissene Blätter und kleine Zweige streiften sie beim Herabfallen. Der Wind wurde zum Sturm, der Baum schwankte stärker.

Ihre Angst wuchs. Schluchzend umfing sie mit beiden Armen einen starken Ast.

Endlich, endlich Annes vertraute Hände! Sie halfen ihr herunter, zurück ins Haus, ehe Blitz und Donner einsetzten und die ersehnte Abkühlung und Frische brachten.

Lange Zeit hatte Helen eine ihrer alten schlechten Eigenschaften nicht ablegen wollen: das Zerstören von Gegenständen. Immer wieder hatte sie, wenn sie gelangweilt oder ärgerlich war, Dinge, die ihr in den Weg kamen, einfach auf die Erde geworfen und zerbrochen.

Endlich glaubte Anne, die Wutanfälle des Kindes gebändigt zu haben. Wochenlang hatte sich kein Zwischenfall mehr ereignet.

Da hörte sie eines Morgens Helens dumpfes, wütendes Schreien im Erdgeschoß und eilte hinunter.

Helen war völlig außer sich. Sie hatte sich auf eines der Negermädchen gestürzt und kratzte und biß es wie ein kleiner Teufel. Der Streit schien um ein mit Steinen gefülltes Glas zu gehen, das ihr das Mädchen mit Gewalt hatte wegnehmen wollen. Anne vermutete, daß sie das Kind dabei geschlagen hatte.

Sie faßte Helen bei der Hand und fragte, was geschehen sei.

„Ella ist schlecht", buchstabierte Helen und begann zu weinen, schlug aber gleich darauf wieder wütend und mit den Füßen stoßend auf das Mädchen ein.

Anne hielt sie fest und schickte die kleine Negerin hinaus. Als Helen sich beruhigt hatte, ließ sie das Kind stehen und ging in ihr Zimmer hinauf.

Nach einer Weile kam Helen ihr nach. Mit traurigem Gesichtchen schlich sie sich näher und versuchte Anne zu küssen.

„Nein", buchstabierte Anne, „ich kann mich von einem unartigen Kind nicht küssen lassen."

„Helen ist gut – Ella ist schlecht", antwortete Helen.

„Du hast Ella gestoßen und geschlagen und ihr weh getan. Du bist sehr unartig gewesen, und ich kann mich von einem unartigen Mädchen nicht küssen lassen."

Helen stand still und kämpfte mit sich. Doch der Eigensinn siegte, und sie buchstabierte: „Helen hat Fräulein nicht lieb! Helen hat Mutter lieb! Mutter wird Ella schlagen!"

„Sprich lieber nicht mehr von deiner Ungezogenheit", antwortete Anne und entzog sich einem neuen schüchternen Versuch, sich anzuschmiegen.

„Köchin kann Tee für Fräulein kochen!" schlug Helen vor, als Anne beim Mittagessen die Speisen nicht berührte.

„Nein, mein Herz ist traurig. Ich kann nicht essen oder trinken."

Da begann das Kind zu weinen und klammerte sich fest an Anne.

Nach dem Essen zeigte Anne in ihrem Zimmer dem immer

noch aufgeregten und traurigen kleinen Mädchen ein sonderbares Geschöpf, ein Gespensterkrebschen, das wie ein kleines Reisigbündel aussah.

„Kann das Krebschen etwas von dem ungezogenen Mädchen wissen?" fing Helen an. „Ist das Krebschen sehr glücklich?" Und plötzlich schlang sie ihre Arme um Annes Hals und buchstabierte: „Morgen bin ich gut. Ich bin alle Tage gut!"

„Willst du Ella sagen, es tut dir leid, daß du sie gekratzt und mit den Füßen gestoßen hast?"

Verschmitzt lächelnd antwortete Helen: „Ella kann keine Wörter buchstabieren!"

„Ich werde ihr sagen, daß es dir sehr leid tut. Willst du mit mir gehen und sie suchen?"

Folgsam ging Helen mit. Sie ließ sich von Ella küssen und streicheln, erwiderte jedoch die Liebkosungen nicht.

Seit diesem Tage bekam sie keinen Wutausbruch mehr. Ihre Gesichtszüge veränderten sich allmählich und wurden weich und sanft.

7

Jeden Morgen machte Anne mit ihrem Zögling lange Spaziergänge in den Wald, in die Felder oder an die Ufer des Tennesseeflusses. Sie unterhielten sich über alles, was ihnen begegnete, über Schmetterlinge, nestbauende Vögel, Blumen und blühende Obstbäume.

Helen spürte in ihren Händen das Bersten der Baumwollkapseln, ihre weichen herausquellenden Fäden und die Samenkörner. Sie spürte das Quaken eines Frosches oder das Zirpen eines Heimchens in ihrer Hand und das Schnauben ihres Ponys an ihrem Ohr.

In den Unterrichtsstunden im Freien atmete sie den Duft der Tannennadeln und des Harzes ein, der für immer mit ihren Erinnerungen an jene Tage verbunden blieb. Sie fühlte das Rauschen des Windes in den wogenden Kornfeldern und sein leises Wispern im Laub der Bäume. Wenn sie ihre Hände um eine Blüte legte, in der ein kleines Käferchen oder eine Biene saß, fühlte sie das feine Vibrieren der Insektenflügel.

In diesen Sommertagen, die die beiden wie zwei Kameradinnen spielend verbrachten, weckte Anne Sullivan die Liebe zur Natur in Helen. Sie lehrte sie, ihre Schönheit auch ohne Augen zu genießen. In jener Zeit erwachte in dem blinden Kind die Freude an der erquickenden Kühle des Morgentaues und an dem Genuß, das sanfte Hin- und Herwiegen der Lilien im leisen Wind mit den Händen zu verfolgen. Helens Tastsinn und Empfinden schärften sich. Sie fühlte den Unterschied zwischen dem Samt der Rosen, der Haut eines reifen Pfirsichs oder der zarten Wange ihrer kleinen Schwester.

Die Unterrichtsstunden waren ein herrliches, erregendes Spiel, und Anne war eine ideale Spielgefährtin. Kam Helen mittags, erfüllt von ihren neuesten Erlebnissen, nach Hause, so stürzte sie sofort zu ihrer Mutter, um ihr aufgeregt und glücklich alles zu berichten. Meist fand sie die Mutter bei der Arbeit. Es war keine Kleinigkeit, die Herrin eines großen südlichen Haushalts zu sein, der mit Gartenarbeit und Hühnerzucht, mit der Beaufsichtigung der Neger, mit Einmachen und Konservieren und vieler Näharbeit eine Menge Pflichten auferlegte. Aber stets unterbrach Kate Keller ihre Arbeit, wenn Helen ihr die Ereignisse des Vormittags in die Hand erzählen wollte.

„Mutter, wir waren an Kellers Landungsplatz. (Das war eine kleine Bucht an den Ufern des Tennessee.) Ich habe mit Fräulein Inseln und Seen angelegt. Wir haben einen Fluß gegraben, und ich habe einen Damm aus Steinchen gebaut. – Mutter, weißt du, daß es Berge gibt, die Feuer spucken, und andere, auf denen Flüsse von Schnee und Eis sind? Fräulein hat es mir erzählt."

Anne gab ihr jetzt regelrechten Erdkundeunterricht. Sie modellierte Reliefkarten in Ton und ließ Helen die Berge und Täler und Flußläufe fühlen.

An einer Lilie, die sie in ein sonniges Fenster stellten, erforschten beide das Wachstum der Pflanzen. Staunend fühlte Helen, wie eine Knospe nach der anderen aufbrach, wie sich die äußeren Blätter langsam erschlossen, bis sich die Blüte geöffnet hatte.

Ein Glas mit Kaulquappen wurde aufgestellt. Immer wieder steckte das Kind die Hand ins Wasser und freute sich, wenn die Kaulquappen zwischen seinen Fingern durchschlüpften. Es verfolgte die Entwicklung der seltsamen Geschöpfe zu munteren Fröschen, die wieder in den Teich am Ende des Gartens ausgesetzt wurden, aus dem Anne sie gefischt hatte.

Auch von dem Leben der vordiluvialen Zeit lernte Helen mittels einer kleinen Fossiliensammlung. Durch Muscheln, durch Abdrücke von Vogelfüßen und Farnkräutern in Sandstein erfuhr sie von den großen, unheimlichen Ungeheuern, die einstmals durch riesige Wälder gestampft und in gewaltigen Morästen versunken waren.

Während des Sommers gab es in den Ställen immer wieder junge Tiere: Kälber, Fohlen, Ferkel. Helens Interesse an diesem Zuwachs stieg mehr und mehr.

„Ich wünschte, es würde nichts Neues mehr geboren", sagte Anne Sullivan eines Tages in drolliger Verzweiflung zu Frau Keller. „Manchmal bringt mich Helen mit ihren Fragen in ziemliche Verlegenheit. Gestern, als sie ein kleines Ferkel betastete, wollte sie wissen, ob es auch in einem Ei gewachsen sei."

Den Höhepunkt erreichte Helens Wißbegierde, als ihre Cousine Leila ein Kind zur Welt brachte.

„Woher hat Leila das neue Baby bekommen? – Woher wußte der Doktor, wo er das Baby finden kann? – Hat Leila dem Arzt gesagt, daß sie ein sehr kleines neues Baby haben will? – Warum ist eigentlich Elisabeth Evelines Schwester?"

Anne hatte es sich zum Grundsatz gemacht, alle Fragen Helens zu beantworten, so gut sie es mit ihrem Wissen vermochte und soweit der Verstand des Kindes ihre Erklärungen begreifen konnte.

Es war nicht leicht, diese Dinge zu erklären, und sie überlegte lange, wie sie sich am besten ausdrücken könnte.

Endlich stieg sie mit dem kleinen Mädchen auf ihren Lieblingsplatz im Kirschbaun.

„Weißt du noch, wie wir im Frühjahr zusammen Samenkörner in die Erde gepflanzt haben", fing sie an, „Getreide, Bohnen und Wassermelonen? Das hohe Korn auf dem Felde, die Bohnen, die an den Stangen hinaufgeklettert sind, und die rankenden Wassermelonen sind aus diesen Samenkörnern gewachsen. Die Erde hat den Samen warm und feucht gehalten, bis die kleinen Triebe und Blätter, die du mit deinen Fingern gefühlt hast, kräftig genug waren, um sich zur Luft und zum Licht durchzuarbeiten. So war es ja auch mit den kleinen Küken im Ei. Sie mußten erst stark werden, um sich aus den Schalen zu befreien. Auch das hast du in deinen Händen erlebt. Und wie das Samenkorn von der Erde, so wird das Vogelei im Nest von der Vogelmutter geborgen und warm gehalten, bis die Vögelchen auskriechen. Auch die Fischmutter legt ihre Eier an einen geschützten Platz, wo ihre Jungen ohne Gefahr ausschlüpfen können. Jedes Lebewesen entsteht in einem Ei. Dieses Ei enthält in der ersten Zeit für das neue Geschöpf auch die Nahrung. Aber nicht alle Lebewesen *legen* Eier. Alle Vierfüßler, der Hund und die Katze zum Beispiel, aber auch der Mensch, behalten die Eier im eigenen Leib. Dort entstehen ihre Kinder, und dort werden sie anfangs ernährt."

„Bekommt denn jedes lebendige Wesen Kinder?"

„Fast jedes, Helen. Das muß so sein. Du weißt, daß Menschen und Tiere sterben und die Pflanzen verwelken. Hätten sie nicht neue Wesen ihrer Art hervorgebracht, dann würde bald alles Leben auf der Erde aufhören."

„Und wie kommt das ganz, ganz kleine Küken und der ganz, ganz kleine Mensch in das Ei hinein?"

„Das ist ein Wunder, das die Liebe zuwege bringt, Helen."

Liebe! Die Bedeutung dieses Wortes war Helen schon lange verständlich.

„Was ist Liebe?" hatte sie gefragt, als ihr Geist aus seiner Verwunschenheit zu erwachen begann.

Anne hatte das Kind an sich gezogen, ihre Hand auf sein Herz gelegt und erwidert: „Sie ist hier drinnen."

Helen hatte aufgehorcht. Zum erstenmal hatte sie bewußt den Schlag ihres Herzens gespürt. Aber das Gefühl, das sie in ihrer Brust empfand, hatte sie nicht mit den Fingern berühren können. Das war ihr neu gewesen.

An ein paar Veilchen riechend, die sie gerade gepflückt hatte, hatte sie weitergefragt: „Ist Liebe der Duft der Blumen?"

„Nein", hatte Anne erwidert.

Das Kind hatte nachgedacht, plötzlich in die Richtung gewiesen, aus der die warmen Sonnenstrahlen kamen, und gefragt: „Ist dies nicht Liebe?"

„Nein", hatte Anne wieder geantwortet.

„Warum kann ich die Liebe nicht anfassen?"

„Sie ist unsichtbar, und unsichtbare Dinge kann man nicht anfassen. Liebe kann man nur fühlen. Ohne Liebe würdest du weder glücklich sein noch zu spielen verlangen. Wenn du an Vater oder Mutter denkst oder deine kleine Schwester streichelst, fühlst du das nicht da drin in deinem Herzen?"

Das Kind hatte genickt.

„Siehst du, das, was du dann fühlst, das ist die Liebe."

Liebe kann man nicht sehen, man kann sie nur fühlen, hatte das blinde kleine Mädchen gedacht. Auch die anderen können also nicht alles sehen, sondern manches nur fühlen, genau wie ich. Was wir da im Herzen fühlen, kann niemand sehen, aber es verbindet uns miteinander, und es macht, daß ich ebenso bin wie die anderen.

8

„Wonach riecht es hier so seltsam, Fräulein?“ Helen blieb plötzlich stehen und schnupperte. „Pferde – Hunde – aber noch etwas anderes, was ich nicht kenne.“

„Wilde Tiere, Helen. Es riecht nach Löwen, Bären, Elefanten und noch anderen Tieren. Hier hat ein Zirkus seine Zelte aufgeschlagen.“

Die Wißbegierde des Kindes wurde immer reger, und während des Spaziergangs glitt Frage auf Frage in Annes Hand, die geduldig die Antworten zurückgab.

„Was ist ein Zirkus? – Wo ist er hergekommen? – Dürfen alle Leute hingehen? – Werden wir auch hingehen? – Kann ich die Tiere anfassen?“

Hauptmann Keller begegnete den beiden bei ihrer Rückkehr auf dem Hof.

„Da ist Vater!“ buchstabierte Helen, die die Anwesenheit ihrer Verwandten und Freunde gewöhnlich schon von weitem spürte. Sie stürzte auf ihn zu: „Vater – ein Zirkus ist in Tuscumbia! Darf ich hingehen?" Sie streichelte bittend seinen Arm und lächelte. „Nicht wahr, ich darf doch hingehen?"

„Würden Sie es richtig finden, Fräulein Sullivan?"

„Ja! Es wäre eine wunderbare Gelegenheit für Helen, die fremden Tiere und das bunte Leben aus nächster Nähe kennenzulernen."

„Also gut, dann gehen wir alle morgen hin."

„Werde ich ein schönes Kleid anziehen? Das neue rosa, das mir Mutter vorige Woche genäht hat?" buchstabierte Helen vor dem Schlafengehen. „Bitte, Fräulein, wickeln Sie mir doch die Locken auf!"

„Aber Helen, du kannst ja kaum noch stehen vor Müdigkeit!"

Und wie jeden Abend erwiderte das kleine Mädchen ernst und schlaftrunken: „Es muß sein, Fräulein. Ich möchte morgen gern hübsch und ordentlich aussehen."

Ihr Äußeres war ihr sehr wichtig, und sie putzte sich gern. Spürte sie irgendeine Unordnung an ihrer Kleidung oder gar ein Loch, so gab sie keine Ruhe, bis der Schaden behoben war.

Am nächsten Abend lief sie aufgeregt im rosa Batistkleidchen mit sorgfältig aufgerollten Korkzieherlocken zwischen der Manege und den Ställen hin und her. Der Direktor des Zirkus hatte auf Hauptmann Kellers Bitte die Erlaubnis gegeben, daß Helen alles so gründlich wie möglich studieren dürfe.

Das Kind war durch die verschiedenen fremden Gerüche nach Raubtieren, nach Pferden, nach Staub, durch den Duft der Kostüme und der Schminke wie in einen leichten Rausch versetzt. Sein Körper nahm die Schwingungen auf, die das Trampeln der Elefanten, das Galoppieren der Pferde, das Knallen der Peitschen, das Dröhnen der Pauken, das Rasseln der Ketten auslösten.

Neugierig und staunend ließ es die Kostüme durch seine Finger gleiten, den Tarlatan der Seiltänzerinnen, die perlengestickte Seide der orientalischen Prinzessin, den Samt der kleinen Affenfräcke und schließlich das zottige Fell des Menschenfressers aus Borneo. Der sah die Kleine gerührt und traurig an und streichelte mit seinen großen, kräftigen Pranken vorsichtig ihre Locken.

Empfing Helen Freundlichkeit und Liebe, so gab sie sie sofort zurück. Sie fiel dem zottigen Burschen um den Hals und küßte ihn zärtlich.

Kate Keller und Anne sahen sich sprachlos an, aber ehe sie sich noch von ihrem Schrecken erholt hatten, war Helen schon bei den Elefanten, befühlte ihre Rüssel und fütterte sie.

„Darf sie mit mir auf Jumbo reiten?" fragte die orientalische Prinzessin, die daneben stand. „Ich nehme sie auf meinen Schoß."

So ritt Helen unter einem Baldachin auf dem Rücken des größten Elefanten durch die Manege.

Kaum war sie abgestiegen, hielt ihr Anne ein Löwenjunges entgegen.

„Das ist ein Löwe, Fräulein? Er ist ja so niedlich wie ein kleines Kätzchen!"

„Ja, Helen, jetzt, aber wenn er groß ist, wird er wild und gefährlich!"

„Ach, das kann ich mir gar nicht denken! Vielleicht geht der Wärter nicht richtig mit ihm um. Sagen Sie ihm doch bitte, ich werde die kleinen Löwen mit nach Hause nehmen und sie lehren, sanft und lieb zu sein."

Der Erfolg des Wüstenkönigs machte den Bärenwärter eifersüchtig. Schnell brachte er einen gewaltigen schwarzen Bären an einer Kette herbei. Er mußte sich auf den Hinterpfoten aufrichten und Helen die Tatze reichen, die sie ohne zu zaudern ergriff und höflich schüttelte.

In diesem Augenblick begann ein alter Löwe zu brüllen. Helen stand mit dem Rücken an den Gitterstäben seines Käfigs. Sie wurde unruhig und ließ die Pranke des Bären fahren, zog Anne gegen den Käfig und fragte: „Was ist das?"

„Das ist Löwengebrüll", antwortete Anne.

„Wenn will, kann Löwen anfassen", sagte ein alter Neger, der das Tier betreute. „Nicht gefährlich – keine Zähne mehr im Maul."

„Nein, nein, auf keinen Fall!" rief Kate Keller erschrocken.

„Nicht gefährlich, Madam", wiederholte der Alte. „Sehen selbst!" Er ging in den Käfig und steckte seinen Arm tief in den Schlund des Löwen.

„Ich werde mit ihr hineingehen", sagte Hauptmann Keller.

Ehe die entsetzte Mutter etwas einwenden konnte, hatte Helen an der Hand ihres Vaters den Löwenkäfig betreten. Sie betastete das alte Tier und streichelte seine filzige Mähne. Der Löwe beachtete sie gar nicht. Er gähnte gelangweilt, schlug ein paarmal mit dem Schweif auf den Boden und stieß schließlich wieder sein wildes Gebrüll aus.

„Arthur, ich bitte dich, komm mit dem Kind zurück", rief Kate Keller, den Tränen nahe.

„Oh, Madam, haben Sie keine Angst", sagte tröstend ein alter Clown, der neben ihr stand. „Sambo könnte nicht einmal mehr eine Maus fressen."

Helen hatte eine Hand auf die Kehle des Löwen gelegt und fühlte, wie sie sich beim Brüllen bewegte.

Endlich kehrte sie zu ihrer aufatmenden Mutter zurück und buchstabierte ihr in die Hand: „Ich habe den Löwen verstanden. Ich will dir vormachen, wie er gebrüllt hat!"

Die Laute gelangen ihr so ähnlich, daß der alte Clown mit seinem einfältig geschminkten Gesicht erstaunt fragte: „Ich denke, die Kleine ist taub? Aber den Löwen muß sie doch gehört haben!"

„Nicht gehört, sondern gefühlt", antwortete Anne. „Mit ihrer Hand hat sie die Schwingungen des Brüllens so genau gespürt, daß sie sie jetzt nachmachen kann."

„Es ist zu traurig!" schluchzte eine kleine Zirkusreiterin plötzlich auf. „Nichts hören und nichts sehen! Ach, wie leid sie mir tut!"

Anne nahm das fremde Kind in den Arm. „Weine nicht! Sie kann sich auch freuen. Sieh sie dir an!" Und sie zeigte hinaus in die Manege.

Dort verfolgte Helen mit ihren Händen die Kunststücke einer Affentruppe und schüttelte sich vor Lachen. Sie war so bei der Sache, daß sie es gar nicht merkte, als ihr ein frecher kleiner Affe die Haarschleife stahl. Erst als er versuchte, ihr die Blumen vom Hut zu pflücken, wurde sie aufmerksam. Entrüstet verscheuchte sie ihn mit einigen ihrer alten energischen Püffe.

Auch die Darbietungen der Akrobaten, soweit sie zu ebener

Erde arbeiteten, und die der Clowns durfte sie mit ihren Händen erleben.

Der Lenker eines griechischen Streitwagens wollte sie auf eine Rundfahrt durch die Manege mitnehmen, nachdem sie sein Fahrzeug sorgfältig untersucht hatte. Als sie jedoch das Getrappel der vielen Hufe spürte, wich sie furchtsam zurück und klammerte sich fest an Anne.

Nach der Vorstellung küßte sie in ihrer Dankbarkeit jeden vom Zirkuspersonal, der in der Nähe war. Die stämmigsten, gröbsten Tierwärter waren gerührt, und manchem von ihnen kamen, wie vorher der kleinen Zirkusreiterin, die Tränen.

„Schade, daß das Kamel so bissig war und Helen es nicht anfassen konnte", sagte Anne auf dem Heimweg betrübt. „Ich fürchte, ich habe ihr nicht recht klarmachen können, wie es wirklich aussieht."

„Darüber würde ich mir an Ihrer Stelle keine grauen Haare wachsen lassen, Fräulein Sullivan", sagte Hauptmann Keller lachend. „Unsere Kleine hat seit heute abend sicherlich die halbe Arche Noah im Kopf. Wenn das Kamel dabei fehlt, so schadet das vorläufig nicht viel."

Wochenlang beschäftigte der Zirkus die Gedanken Helens und füllte die Gespräche zwischen Lehrerin und Schülerin aus. Halbe Nächte hindurch las Anne zoologische Bücher, um die vielen Fragen beantworten zu können.

Einige Tage nach dem Zirkusbesuch hörte sie ein Geräusch im Schulzimmer und ging hinein.

Auf allen vieren kroch Helen durch das Zimmer. Sie hatte sich ein Kissen derart auf den Rücken gebunden, daß es in der

Mitte eine Vertiefung und auf jeder Seite einen Höcker bildete. Zwischen diesen Höckern saß ihre Puppe.

„Was machst du denn da, Helen?"

„Sehen Sie das nicht, Fräulein?" antwortete Helen. „Ich bin doch ein sehr drolliges Kamel!"

Weihnachten kam heran und beherrschte schon lange vorher alle Unterhaltungen und Beschäftigungen.

Helen war selig. Man hatte Geheimnisse vor ihr, die ihr Anne durch halb buchstabierte Sätze andeutete. Aber vor allem hatte sie selbst Geheimnisse mit Anne und bereitete für Eltern, Geschwister und Freunde allerlei kleine Überraschungen vor.

Am Heiligen Abend war sie zur Weihnachtsfeier der Schulkinder von Tuscumbia eingeladen. Im Schulzimmer stand ein geschmückter Baum. Der Duft der Wachskerzen und die milde Wärme ihrer Flammen versetzte Helen in glückliche Erregung. Sie durfte die Gaben an die Kinder verteilen und erhielt selbst Geschenke. Freudestrahlend quirlte sie inmitten der jubelnden, bewegten Kinderschar umher.

„Sind das die Geschenke, von denen Sie mir erzählt haben, Fräulein?" fragte sie auf dem Heimwege und drückte den neuen Teddybären an sich.

„Nein, die bekommst du erst morgen früh. Du weißt, Santa Claus wird sie dir in den Strumpf stecken. Du darfst heute abend nicht vergessen, ihn an den Kamin zu hängen."

„Ist es nicht besser, ich hänge zwei Strümpfe auf, Fräulein?" fragte Helen vor dem Schlafengehen. „Einen könnte Santa Claus vielleicht übersehen."

„Eigentlich ist das nicht richtig."

„Aber es kann doch nichts schaden, Fräulein?"

„Nein, schaden wird es nichts. Also meinetwegen, hänge zwei auf!"

Vor Aufregung konnte Helen lange nicht einschlafen. Immer wieder stand sie heimlich auf, um hinunter an den Kamin zu schleichen und zu fühlen, ob Santa Claus vielleicht schon dagewesen sei.

Doch jedesmal wurde sie von Anne abgefangen, die endlich energisch erklärte: „Santa Claus wird nicht kommen, bevor du eingeschlafen bist!"

Darauf kroch das kleine Mädchen seufzend ins Bett zurück, schloß die Augen und buchstabierte: „Nun wird er denken, Helen ist eingeschlafen."

Und dann schlief sie wirklich ein.

„Du mußt die Eltern wecken, ehe du an den Kamin gehst!" sagte Anne am anderen Morgen, als sie das vor Ungeduld zappelnde Kind angezogen hatte. „Sie wollen sehen, was du findest – und James und Simpson auch."

Helen stürzte hinüber in das Schlafzimmer der Eltern, die schon aufgestanden waren. Die kleine Mildred war eben dabei, ihren Strumpf auszupacken.

Eilig buchstabierte Helen Vater und Mutter „Fröhliche Weihnachten" in die Hand. Dann zerrte sie die Eltern ungeduldig die Treppe hinunter. Anne und die beiden Brüder folgten.

Im Wohnzimmer schoß Helen sofort auf den Kamin zu, fand die gefüllten Strümpfe und nahm sie aufgeregt ab, drückte sie an sich und begann vor Freude hin und her zu hopsen.

Plötzlich blieb sie stehen. Ihr Gesicht wurde ernst und nachdenklich. Behutsam legte sie die beiden prallen Strümpfe auf den Tisch, ging langsam auf Anne zu und buchstabierte: „Ob Santa Claus wohl glaubt, hier seien zwei kleine Mädchen? Wenn er merkt, daß er sich geirrt hat, kommt er vielleicht wieder und holt den zweiten Strumpf ab."

„Nein", antwortete Anne. „Ich habe ihn gestern abend noch gesprochen. Er hat gesagt, es wäre alles für dich."

Erleichtert begann Helen den Inhalt der Strümpfe zu untersuchen und hüpfte bei jedem neuen Gegenstand in die Höhe. Als sie alles ausgepackt hatte und vergnügt durchs Zimmer sprang, stieß sie überall auf neue Herrlichkeiten.

„Ein ganzer Schrank voll Kleider für Nancy! – Nun kann sie endlich auf Gesellschaften gehen! – Oh, ein richtiger lebendiger Vogel!"

„Es ist ein kleiner gelber Kanarienvogel, Helen! – Aber hier, fühl einmal, eine Uhr! Vater hat sie extra für dich anfertigen lassen!"

Die Uhr hatte auf der Rückseite einen Zeiger, mit dessen Hilfe Helen die Zeit ziemlich genau ablesen konnte. Er ließ sich nach beiden Seiten drehen, bis er, durch einen Stift im Gehäuse aufgehalten, an den Stundenzeiger anstieß. Seine Spitze ragte über die Uhr hinaus, an deren Rand sich elf erhöhte Punkte befanden, während der Griff der Uhr den zwölften bildete.

Helen war selig: „Ich freue mich so, ich freue mich so!" buchstabierte sie jedem, der ihr in den Weg kam, in die Hand.

Die Eltern und die Hausgenossen standen mit feuchten Augen dabei. Wie anders war es im vorigen Jahr gewesen! Ein stumpfes kleines Wesen hatte mit unfreundlichem, zuckerverschmiertem Gesicht in einer Ecke gehockt und mit beiden Händen gierig Süßigkeiten in den Mund gestopft, bis man ihm die Schachtel wegnahm. Da war es in Wut geraten, hatte fauchend um sich geschlagen und war schließlich mit Schaum vor den Lippen auf der Erde liegengeblieben. War das wirklich dasselbe kleine Mädchen, das jetzt mit strahlendem Gesicht durch das Zimmer tanzte?

Kate Keller umarmte Anne und sagte herzlich: „Fräulein Anne, ich danke Gott jeden Tag meines Lebens dafür, daß er Sie zu uns gesandt hat; aber erst heute früh habe ich so recht erkannt, was für ein Segen Sie für uns geworden sind."

Hauptmann Keller konnte vor Ergriffenheit nicht sprechen. Er drückte nur wortlos Annes beide Hände.

9

Im neuen Jahr traf ein Brief vom Direktor des Perkins'schen Blinden-Institutes im Hause Keller ein. Herr Anagnot bat, Helen in Begleitung von Anne Sullivan für einige Zeit als Gast des Institutes nach Boston zu schicken.

„Meine Frau und ich würden uns nur zu einer längeren Trennung von dem Kinde entschließen, wenn Sie sich etwas für Helens Entwicklung davon versprechen, Fräulein Sullivan", sagte Hauptmann Keller zu Anne, als sie nach dem Abendessen am Kaminfeuer saßen.

„Ein Aufenthalt im Institut hätte sehr viele Vorzüge", erklärte Anne. „Dort würde uns vor allem eine große Bibliothek mit Büchern in Blindenschrift zur Verfügung stehen, außerdem eine hervorragende Sammlung von ausgestopften Tieren, Modellen von Blumen und Pflanzen, Relieflandschaften, Muscheln und anderen Dingen, die meinen Unterricht sehr unterstützen würden. Und da der Herr Direktor schreibt, daß Helen als Gast behandelt werden und den Anstaltsgesetzen nicht unterliegen soll, kann ich meinen eigenen Lehrplan ungehindert fortsetzen. Das wichtigste für Helen aber wäre das Zusammensein mit ihresgleichen, das heißt mit blinden Kindern."

„Das sehe ich vollkommen ein", meinte Kate, die wie immer in den ruhigen Abendstunden mit einer Näharbeit beschäftigt war. „Aber es wird mir sehr, sehr schwerfallen, Helen auf mehrere Monate zu entbehren."

„Dann kommen Sie doch wenigstens auf ein paar Wochen mit!" schlug Anne vor.

„Und Mildred? Und der Haushalt?"

„Eveline kann dich eine Weile vertreten", meinte ihr Mann. „Für dich wäre das Leben in einer großen Stadt auch einmal eine Ausspannung und Zerstreuung."

„Direktor Anagnos wird sich gewiß freuen, Sie ebenfalls als Gast seines Hauses zu sehen", sagte Anne. „Ihm liegt sehr viel daran, Helen und ihre Fortschritte zu beobachten."

Die Reise nach Boston wurde Ende Mai 1888 zu dritt angetreten.

Auf dieser Fahrt strich Helen nicht mehr ruhelos durch die Abteile und Gänge des Zuges und beschäftigte sich mit kindischen Zerstreuungen wie zwei Jahre zuvor auf der Fahrt nach Baltimore. Still und aufmerksam saß sie neben Anne und ließ sich in die Hand berichten, was draußen während der Fahrt oder während des Aufenthaltes auf den Bahnhöfen zu sehen war. Wieder empfing sie, ohne es zu ahnen, einen bunten Unterricht in Geographie und Landeskunde. Sie verfolgte die Fahrt an den Ufern des Tennessee, vorbei an den großen Baumwollplantagen, auf denen Neger arbeiteten; sie erlebte die Gärten mit Pfirsichen, Melonen, Erdbeeren und Gemüse, die Viehherden auf den Wiesen, Städte und Dörfer mit Kirchen und Gasthöfen und die Arbeit der Einwohner, das Gekribbel und Gekrabbel auf den Bahnhöfen, die sich zwischen die Reisenden drängenden Neger, die in die Abteile kamen und, lachend ihre weißen Zähne zeigend, Zuckerzeug und Maisklöße feilboten.

Als sie in Boston aus dem Zuge stiegen, hing Helen sich fest in den Arm ihrer Mutter. Auf ihren empfindsamen Körper hatte das Rattern der Eisenbahn und das Schwanken des Waggons so stark gewirkt, daß sich der Bahnsteig um sie zu drehen begann und sie sich kaum auf den Füßen halten konnte.

Im Institut wurden sie herzlich von Frau Hopkins empfangen.

„Helen, das ist Frau Hopkins, die dir zu Weihnachten den schönen Ring geschickt hat", sagte Anne.

„Ich freue mich sehr, Sie kennenzulernen, Frau Hopkins. Fräulein hat mir viel von Ihnen erzählt. Ich liebe Sie schon lange!" versicherte das Mädchen. „Und ich freue mich so sehr auf die blinden kleinen Mädchen!"

„Sie warten schon auf dich, Helen", sagte Frau Hopkins und strich ihr über den Kopf. „Aber zuerst mußt du dich ein wenig ausruhen."

„Ich glaube, ich fahre immer noch", meinte Helen, nachdem sie ins Bett gebracht worden war. „Mir ist, als liefe die Erde unter mir fort!"

Später wurde sie von Direktor Anagnos begrüßt, der ihr bereits von einem Besuch in Tuscumbia bekannt war.

Dann trieben Neugier und Erwartung sie zu den blinden Kindern, mit denen sie seit Monaten brieflich verkehrte und die ihr verschiedene Geschenke gesandt hatten. Die Freundschaft war schnell geschlossen, zumal viele der kleinen Mädchen das Fingeralphabet beherrschten.

In wenigen Tagen hatte Helen sich völlig eingelebt und war ein fröhliches Kind unter anderen fröhlichen Kindern, mit denen sie das gemeinsame Schicksal verband.

Am zweiten Tag ihres Aufenthaltes im Institut machte Anne mit ihrem Zögling einen Besuch bei Laura Bridgman.

Laura hatte im letzten Jahr in regem Briefwechsel mit Anne gestanden. Von ihr hatte Anne das Fingeralphabet gelernt und eine Menge Ratschläge für Helens Erziehung erhalten. Laura war selbst ein sehr eigenwilliges Kind gewesen. Sie hatte Anne dringend ans Herz gelegt, Helen keinen Eigensinn durchgehen zu lassen und sie nicht zu verwöhnen.

Als Anne mit dem Kind das Zimmer betrat, saß Laura in einem großen Lehnstuhl am Fenster und häkelte an einer Spitze. Sie hielt sich sehr aufrecht. Wohlgeordnet fielen die Falten ihres weiten, tadellos glatten Kleides zur Erde. Jedes Härchen ihrer Frisur war sorgfältig gelegt.

Anne ging auf sie zu und gab ihr die Hand, die Laura einen Augenblick befühlte, dann buchstabierte sie: „Anne Sullivan!" Ein Lächeln ging über Lauras Gesicht. Man sah ihr die Freude über den Besuch an.

„Ich habe Helen mitgebracht", buchstabierte Anne und schob das Kind näher.

Laura zog die Kleine an sich und küßte sie.

Das Kind umschlang sie zärtlich. Gleich darauf aber griff es neugierig nach der Handarbeit.

Schleunigst zog Laura ihr die Spitze fort und buchstabierte: „Ich fürchte, deine Hände sind nicht ganz rein!"

Nun versuchte Helen, wie immer von unbezwinglichem Forscherdrange beseelt, Lauras Gesicht zu betasten.

Aber Laura richtete sich steil auf und wandte rasch und ängstlich den Kopf weg.

Wahrscheinlich erlaubt sie nicht, daß ich ihr Gesicht befühle, weil sie fürchtet, daß meine Finger nicht sauber sind, dachte Helen betrübt. Und ich hätte doch so gerne gewußt, wie sie aussieht.

Kopfschüttelnd buchstabierte Laura Anne Sullivan: „Sie haben sie aber nicht gelehrt, behutsam zu sein!"

Dann wandte sie sich, jeden Buchstaben gewichtig mit den Fingern betonend, an das Mädchen: „Du darfst nicht aufdringlich sein, wenn du eine Dame besuchst!"

Helen wurde verlegen. Es schien ihr das beste, sich ganz still auf den Boden zu setzen, bis sie endlich wieder aufbrechen würden.

Aber kaum hockte sie auf der Erde, da riß Laura sie wieder in die Höhe und buchstabierte vorwurfsvoll: „Du darfst dich nicht auf den Boden setzen, wenn du ein frisches Kleid anhast. Du beschmutzt es sonst!"

Hier darf man aber gar nichts, dachte Helen und atmete auf, als Anne buchstabierte, sie solle sich verabschieden. Sie umarmte Laura stürmisch und trat ihr dabei versehentlich auf den Fuß.

Laura schüttelte entrüstet den Kopf. „Wie ungeschickt du bist! Sicherlich hast du eine Schramme auf meinen Schuh gemacht. Du mußt noch sehr viel lernen!"

„War ich ungezogen, Fräulein?" fragte Helen, als sie wieder vor der Tür standen. „Ich wollte es nicht, aber es ist schwer. Fräulein Bridgman ist so ganz anders als ich – und auch als Sie."

„Wieso denn, Helen?"

„Wie soll ich das erklären? Sie ist eigentlich gar nicht richtig lebendig. Jetzt weiß ich – sie ist wie das Marmordenkmal, das ich im Park von Memphis anfassen durfte. Und ihre Hände sind so schön, aber kühl wie Blumen, die im Schatten stehen."

Wie gut sie beobachtet! dachte Anne und buchstabierte: „Laura meint es nicht so, Helen. Aber du bist manchmal wirklich noch wie ein kleines Fohlen, das mit allen vier Beinen ausschlägt." Und zärtlich legte sie ihren Arm um die Schultern des Kindes.

An einem der ersten Abende nach ihrer Ankunft in Boston saß Anne, nachdem sie Helen zu Bett gebracht hatte, in Frau Hopkins' behaglichem Zimmer im Schaukelstuhl.

„Wie freue ich mich, wieder in diesem Stuhl sitzen und mit Ihnen sprechen zu können. Ich habe mich oft danach gesehnt", sagte sie und wiegte sich leise hin und her.

„Hast du manchmal Heimweh gehabt?"

„Zuerst ja. Das Leben im Süden, auf dem Land, ist so ganz anders als hier. Ich mußte mich erst eingewöhnen."

„Aber es ist doch schön dort?"

„Wunderschön! Besonders der üppige südliche Sommer. Alabama ist ja – neben der Baumwolle – das Land des Jasmins.

Das ganze Land ist voll von seinem Duft, wenn er blüht. Und Helen hat solche Freude daran. Sie erkennt alle Blumen am Geruch. Wenn man ihr verspricht, ihr ein paar Rosen oder Veilchen mitzubringen, fliegt ein Lächeln über ihr Gesicht, und sie freut sich stundenlang darauf."

„Wie ist denn der Winter dort unten? Habt ihr auch Schnee gehabt?"

„Ein einziges Mal – in der Weihnachtswoche. Wir schneeballten uns mit den Kindern der Köchin."

„Mit den Negerkindern?"

„Ja. Es war sehr komisch, wie die kleinen schwarzen Geschöpfe jubelnd im Schnee herumsprangen. Aber nach ein paar Stunden war der Schnee weg, und mich überfiel das Heimweh und die Sehnsucht nach euch."

„Aber du bist doch nicht etwa unglücklich, mein Kind?" fragte Frau Hopkins besorgt und streichelte Annes Hände.

„Aber nein, im Gegenteil! Ich bin sehr, sehr glücklich", antwortete Anne. „Helen ist ein wunderbares Kind. Es war wirklich herrlich für mich zu beobachten, wie ihr Verstand erwachte und zu arbeiten begann. Im Anfang verlor ich ja manchmal fast den Mut, denn ich merkte, daß ich eigentlich selbst noch einen Lehrer gebraucht hätte. Aber eines Tages – ganz plötzlich – sagte mir eine innere Stimme, daß meine Arbeit Erfolg haben würde. Helen hat ausgezeichnete Anlagen, und ich glaube jetzt, daß es mir gelingen wird, sie zu entwickeln und auszubilden. Aber eines will ich unter allen Umständen vermeiden: Helen soll kein Wunderkind werden! Sie soll eine fröhliche Jugend haben. Jetzt bin ich nie mehr ratlos, wenn Schwierigkeiten auftauchen. Ich weiß immer, wie ich sie zu beseitigen habe. Manchmal ist es wirklich wie ein Wunder: dieses sichere Gefühl für das, was Helen nottut. Und ich fühle, die Erziehung dieses Kindes wird der eigentliche Inhalt meines Lebens sein."

„Das freut mich sehr für dich, Anne, und auch für die Kleine, um so mehr, als sie nicht nur ein kluges, sondern auch ein sehr liebes Kind zu sein scheint."

„Ja, das ist sie. Vor allem gutherzig und selbstlos. Wenn sie etwas geschenkt bekommt, gibt sie immer davon ab, und meist bleibt für sie selbst am wenigsten übrig. Neulich hat sie einem kleinen Mädchen, das keinen Mantel besaß, ihre Jacke geschenkt, auf die sie besonders stolz war. Sie sollten nur einmal sehen, wie reizend sie mit Wiegenkindern umgeht. Mütterlicher und zärtlicher kann die sorgsamste Wärterin nicht sein."

„Weißt du, was mir aufgefallen ist? Sie vermeidet es, von ihren Gebrechen zu sprechen. Siehst du, mit diesen Worten habe ich es schon ausgedrückt: *zu sprechen*. Sie kann ja gar nicht sprechen, aber wenn sie mir etwas in die Hand buchstabiert, dann gebraucht sie für sich die Ausdrücke: *sehen, sprechen, hören*. Zum Beispiel: ‚Ich habe gestern einen kleinen Hund mit langem, zottigem Fell *gesehen*! – Wir *hörten* den Donner grollen. – Ich habe zu Vater *gesagt* . . .'"

„Das ist richtig", sagte Anne. „Sie legt sehr viel Wert darauf, sich nicht von anderen zu unterscheiden, und ich finde, das ist ihr gutes Recht. Denn in einem höheren Sinne *sieht* sie den kleinen Hund mit ihren Fingern, *hört* sie durch die Schwingungen der Luft und das Beben des Hauses den Donner und vor allen Dingen *spricht* sie vermittels ihrer Finger, durch die sie ihre Gedanken ausdrückt wie andere durch Zunge und Lippen. Die Tätigkeit ist die gleiche, nur die Werkzeuge sind andere. Daher haben wir es uns in der Familie auch angewöhnt, diese Ausdrücke anzuwenden, wenn wir von Helen sprechen."

„Ja, das leuchtet mir ein", erwiderte Frau Hopkins. „Und wenn du mir später wieder über Helen schreibst, werde ich verstehen, warum du diese Worte gebrauchst."

Während des Aufenthaltes im Perkins'schen Institut wurde Helen in Begleitung von Anne zu einem in Cincinnati stattfindenden Ärztekongreß, an dem auch ihr Onkel, Doktor Keller, teilnahm, eingeladen. Sie bildete in ihrer Heiterkeit und ihrem Eifer, ohne es zu ahnen, auf vielen Tagungen und Veranstaltungen den Mittelpunkt.

Ihr Gefühl und ihr Empfindungsvermögen hatten sich im letzten Jahr sehr geschärft. Sie hatte gelernt, die durch verschiedene Töne und Bewegungen verursachten Schwingungen der Luft und Erschütterungen des Bodens zu unterscheiden. Niemals verwechselte sie das Trippeln eines Kindes mit dem festen Schritt eines Mannes oder dem Schlurfen eines Greises. Sie spürte das rhythmische Schleifen tanzender Menschen in einem großen Saal, sie spürte aber auch die Schallwellen des Tanzorchesters.

Als beim Abendessen, das sie in Gesellschaft Annes und ihres Onkels im Speisesaal des Hotels einnahm, eine Kapelle zu spielen begann, wurde sie sofort aufmerksam. Sie saß auf der äußersten Kante ihres Stuhls, damit die Fußspitzen den Boden berührten und sie die Schwingungen des Parketts spüren konnte.

Plötzlich begann sie zu lachen.

„Warum lachst du denn?" fragte Doktor Keller.

„Es ist zu komisch! Sind das zwei Kellner, die so verschieden gehen? Der eine richtet sich genau nach der Musik, und der andere geht im falschen Takt."

„Vollkommen richtig!" sagte Doktor Keller zu Anne. „Was für ein feines Empfinden sie hat!"

„Ja, das ist erstaunlich. Es geht so weit, daß sie nicht nur ihre Freunde und Bekannten sofort an ihren Kleidern und Händen erkennt, sondern auch deren Stimmungen fühlt. Wenn sich jemand mit Helen unterhält, so kann er ihr nicht verbergen, ob er heiter oder traurig ist. Aus dem wechselvollen Spiel der Handmuskeln kann sie den leisen Druck der Zuneigung, den kräftigen der Zustimmung, das Zucken der Ungeduld, die feste Bewegung beim Befehl herauslesen – sie hat ein solches Empfinden für die unbewußte Sprache der Gemütsbewegungen, daß sie oft unsere innersten Gedanken errät."

Nach dem Abendessen war Helen nicht mehr zu halten. Sie glitt vom Stuhl und schwebte strahlend und anmutig nach den Klängen der Musik durch den Saal.

Als sie wieder auf ihrem Platz saß, trat ein alter weißhaariger Arzt an den Tisch.

„Dieses kleine Mädchen ist wirklich zauberhaft", sagte er zu Doktor Keller. „Statt das Mitleid seiner Mitmenschen herauszufordern, beglückt es sie durch seine Heiterkeit. Ich bin ein alter Mann und habe in meinem Leben viele fröhliche Gesichter gesehen, aber noch nie ein so strahlendes wie das dieses Kindes. Sagen Sie Helen doch bitte, daß ich morgen mit ihr spazierengehen und ihr eine Puppe kaufen möchte."

„Das ist sehr freundlich", antwortete Helen darauf. „Aber ich möchte nicht zu viele Kinder haben. Man hat nur Kummer. Nancy ist krank und Adeline ungezogen, und Ida ist ein sehr schlimmes Kind."

Als Anne dem alten Herrn diese Worte übersetzte, lachte er so, daß ihm die Tränen kamen. Dann sagte er: „Ich würde alles hergeben, was ich besitze, wenn ich die Kleine ständig um mich haben könnte."

Während des Kongresses wurde Helen mehrmals gründlich untersucht. Ihr allgemeiner Gesundheitszustand war ausgezeichnet. Spezialisten prüften ihre Augen und Ohren und kamen zu der Überzeugung, daß sie keinerlei Licht- oder Schallempfindungen haben könne. Gleichzeitig aber fiel ihnen auf, wie stark Helen auf die Empfindungen ihrer Freunde reagierte.

Als ihre Lehrerin sie während eines Schallversuches an der Hand hielt, schien sie sowohl einen Pfiff wie auch den Klang der menschlichen Stimme zu vernehmen, denn sie wandte den Kopf und lächelte, als hätte sie das Gesprochene verstanden. Als Anne jedoch bei einer Wiederholung des Versuches in einer entfernten Ecke des Zimmers stand, blieb Helen völlig teilnahmslos.

Die Ärzte und Gelehrten interessierten sich nicht nur für Helen selbst, sondern ebenso für ihre Lehrerin. Anne mußte immer wieder Fragen beantworten, die sich auf ihre Erziehungs- und Unterrichtsmethoden bezogen.

„Daß Sie dem Kind die Bezeichnung von Hauptwörtern, also Gegenständen, greif- und fühlbaren Dingen haben klarmachen können, ist verständlich. Rätselhaft aber bleibt, wie Sie es bei Eigenschaftswörtern fertiggebracht haben."

„Das war nicht schwer. Gab ich Helen zum Beispiel etwas Süßes zu essen, so machte sie ein vergnügtes Gesicht und leckte sich die Lippen. Sie hatte also eine ganz bestimmte, angenehme Empfindung. Buchstabierte ich ihr nun jedesmal, wenn sie diese Empfindung hatte, das Wort ‚süß' in die Hand, so begriff sie bald, daß dies die Bezeichnung für ihre Empfindung war. – Ebenso war es mit dem Begriff ‚sauer'. Als sie das Wort dafür ein paarmal in ihrer Hand gleichzeitig mit dem Geschmack auf ihrer Zunge spürte, ging es ihr allmählich in Fleisch und Blut über."

„Aber wie ist es Ihnen nur gelungen, dem Kinde die Bezeichnung für abstrakte Begriffe, beispielsweise ‚Güte' oder ‚Glück' beizubringen?"

„Das war ganz einfach. Die Begriffe ‚Güte' oder ‚Glück' wurzelten bereits in Helens Herz. Sie hatte schon ihre Erfahrungen damit gemacht. Wäre dies allerdings nicht der Fall gewesen und hätte sie in ihrer Seele keine Vorstellung von diesen Gefühlen gehabt, dann wäre es wohl unmöglich gewesen, ihr die Bezeichnung dafür beizubringen."

„Sie haben Erstaunliches geleistet, Fräulein Sullivan", sagte einer der Professoren. „Die Entwicklung Ihres Zöglings ist in der Geschichte der Taubstummen- und Blindenerziehung beispiellos und übertrifft selbst die Erfolge, die Dr. Howe mit Laura Bridgman hatte. Darf ich Ihnen meine Hochachtung aussprechen? Sie sind mit der ganzen Willenskraft eines Mannes und dem ganzen Herzen einer Frau an diese gewaltige Aufgabe gegangen. Niemals hätte ich es für möglich gehalten, daß ein so junges Mädchen wie Sie so viel pädagogische Begabung und Autorität aufbringen könnte."

„Neben Fräulein Sullivans anderen großartigen Eigenschaften trägt sicher ihre Fähigkeit, sich völlig in die kindliche Seele zu versetzen, selbst Kind zu sein und wie ein Kind spielen zu können, zu diesem bewundernswerten Erfolg bei", meinte der alte Herr, der Helen die Puppe hatte kaufen wollen.

„Meine Herren", sagte Anne verlegen, „Sie beschämen mich. Das Schicksal hat mir eine herrliche Aufgabe gestellt. Um ihr gewachsen zu sein, muß ich immer wieder viel lernen. Nicht nur *ich* erziehe Helen, sondern sie erzieht auch mich."

„Es ist schön, daß Sie so bescheiden sind, Fräulein Sullivan. Aber ich als alter Mann möchte doch aussprechen, was ich bei Ihrer Leistung empfinde: Frauen mit einer solchen Stärke des Willens und der Liebe sind es, die die Welt zu allen Zeiten braucht." Und er verneigte sich tief vor Anne.

Anne Sullivan hatte die Bedeutung, die ein längerer Aufenthalt im Perkins'schen Institut für Helen haben würde, richtig erkannt.

Helen hielt sich gern und lange in der großen Bibliothek auf und las sehr viel. Eines Tages sagte sie beim Verlassen des Raumes zu Anne: „Finden Sie nicht auch, daß wir stets viel klüger herauskommen, als wir hineingegangen sind?"

Diese Worte hätte man als Leitmotiv über ihren Aufenthalt in Boston setzen können, über die Fülle von Anregungen und Eindrücken, die sie dort empfing und die von größter Wichtigkeit für ihre spätere Entwicklung waren.

Die Begegnung mit vielen Menschen, mit denen sie sich durch das Fingeralphabet verständigen konnte, verhalf ihr zu regem Gedankenaustausch.

Gegen Ende des Sommers wurde das Perkins'sche Institut alljährlich für einige Wochen geschlossen.

Es war schon in Tuscumbia verabredet worden, daß Helen im Anschluß an ihren Aufenthalt in Boston mit Anne Sullivan und Frau Hopkins zur Erholung nach dem Seebad Brewster gehen sollte.

„Sie glauben nicht, wie aufgeregt Helen war, als sie davon erfuhr", erzählte Anne Frau Hopkins. „Seit sie in einem Buch eine Schilderung des Meeres gelesen hat, wünscht sie sich sehr, es kennenzulernen. – Wir hatten kurz vor unserer Abreise einige Geistliche bei uns zu Tisch, denen Helen mit den lebhaftesten Gesten und durch eifriges Buchstabieren erklären wollte, was sie alles an der See unternehmen würde. Plötzlich stand sie vom Tisch auf und tat, als wate sie im Wasser und sammle Muscheln. Dabei hob sie ihre Röcke sehr viel höher, als es sich angesichts dieser ehrwürdigen Gesellschaft schickte. Schließlich warf sie sich auf den Boden und machte so energische Schwimmbewegungen, daß einige Gäste sich ängstlich an ihren Stühlen festklammerten, um nicht hinuntergestoßen zu werden. Frau Keller und ich saßen wie auf Kohlen. Aber Helen ist bei ihren Temperamentsausbrüchen ja immer so unbefangen und natürlich, daß ihr niemand böse sein kann."

Als Helen zum erstenmal am Strande stand und durch ihren dünnen Badeanzug die glühende Sonne und den leichten Wind fühlte, ging sie, ohne auf Anne zu warten, die noch beim Umkleiden war, zum Wasser hinunter. Ihre nackten Fußsohlen spürten die Hitze des Sandes, die kühle Feuchtigkeit des nachgiebigen Schlammes am Ufer und endlich das frische, kalte Wasser. Helen war völlig ohne Furcht und ging immer tiefer hinein.

Plötzlich aber stieß sie mit dem Fuß an einen Stein und verlor den Boden unter den Füßen. Gleichzeitig ging eine mächtige Welle über sie hinweg. Erschrocken suchte Helen nach einem Halt und packte eine Seetangpflanze, die ihr aber sofort wieder aus der Hand gerissen wurde. Die Wellen schleuderten das hilflose Kind wie einen Ball umher. Schon schwanden Helen vor Todesangst und Atemlosigkeit die Sinne, als sie plötzlich von einer großen Welle ergriffen und an den Strand zurückgeworfen wurde.

Anne, die ihr nachgeeilt war, fing sie auf und drückte sie an sich.

Glückselig schmiegte sich Helen in die Geborgenheit der vertrauten Arme, immer wieder schaudernd in nachträglichem Entsetzen. Langsam erholte sie sich von ihrem Schrecken. Ein energisches Husten, Spucken, Schnauben und Niesen begann, denn sie hatte sehr viel Wasser geschluckt. Kaum hatte sie sich halbwegs beruhigt, da kam auch schon die erste Frage: „Wer hat denn eigentlich das viele Salz in das Wasser geschüttet, Fräulein?"

Aber dieses Erlebnis konnte Helen die Freude am Meer nicht rauben. Sie überwand ihre Furcht bald wieder und plätscherte mit einigen kleinen Spielgefährten vergnügt im Wasser herum, saß stundenlang am Strand oder auf einem Felsen, fühlte, wie die Wellen heranbrausten, und genoß es, sich vom Gischt übersprühen zu lassen. Sie spürte das Tosen der Brandung, atmete die reine, klare Luft, spielte mit Muscheln, Kieseln, Algen und Krebsen. Und wieder wuchs beim Spielen ihr Wissen von der Welt.

10

„Ich muß Ihnen etwas Komisches erzählen", sagte Helen eines Tages nach dem Besuch einer Verwandten lachend zu Anne. „Amely behauptet, Gott habe mich und jedermann aus Erde gemacht! Das ist doch ein Scherz, denn ich bestehe ja aus Fleisch und Blut und Knochen, nicht wahr?" Dabei befühlte sie ihren Arm und wollte sich ausschütten vor Lachen. „Amely sagt, Gott ist überall", fuhr sie fort, „und er ist die Liebe. Aber ich kann mir niemanden denken, der aus Liebe besteht. Liebe ist doch etwas in unserem Herzen. Und das komischste ist, Amely hat gesagt, Gott ist mein lieber Vater. Darüber mußte ich sehr lachen, denn mein Vater heißt doch Arthur Keller."

„Das kannst du alles noch nicht verstehen, Liebling", antwortete Anne. „Wir wollen lieber erst darüber sprechen, wenn du noch ein bißchen klüger geworden bist."

Bald darauf stieß Helen in einem Buche auf den Ausdruck ‚Mutter Natur'.

„Wieviel Mutter Natur doch in der Frühlingszeit zu tun hat", sagte sie etwas später nachdenklich.

„Wieso?" fragte Anne.

„Weil sie für so viele Kinder zu sorgen hat. Sie ist doch die Mutter aller Dinge, der Blumen, der Bäume und der Winde."

„Auf welche Weise sorgt denn Mutter Natur für die Blumen?"

„Sie schickt ihnen den Sonnenschein und den Regen, damit sie wachsen können. – Ich denke mir, der Sonnenschein ist das Lächeln von Mutter Natur, und die Regentropfen sind ihre Tränen."

Bald genügte ihr jedoch diese Erklärung nicht mehr. Im Mai 1890 schrieb sie in ihr Tagebuch:

‚Ich möchte über Dinge schreiben, die ich nicht verstehe. Wer schuf die Erde und die Meere und alles? Was macht die Sonne heiß? Wo war ich, ehe ich zu Mutter kam? Ich weiß, daß Pflanzen aus Samenkörnern hervorwachsen, die in der Erde liegen, aber Menschen entstehen nicht auf diese Weise. Ich habe noch nie eine Kinderpflanze gesehen. Kleine Vögel und Küken kommen aus Eiern. Was war das Ei, ehe es ein Ei war? Warum fällt die Erde nicht, da sie doch so groß und schwer ist? Sagen Sie mir etwas, was Vater Natur tut. Kann ich das Buch, Bibel genannt, lesen? Bitte sagen Sie Ihrer kleinen Schülerin viele Dinge, wenn sie viel Zeit haben.'

Anne hielt es für ihre Pflicht, diese Fragen, wenn auch in einfachster Form, zu beantworten. Hatte sich der Verstand des Kindes so weit entwickelt, sie zu stellen, dann mußte er auch fähig sein, die Antworten zu verstehen.

Als Helen bald darauf einen Globus befühlte und fragte:

„Wer hat die *wirkliche* Welt geschaffen?" erklärte Anne:

„Niemand weiß, wie die Sonne, die Erde und die Sterne entstanden sind. Kluge Männer haben versucht, die großen, geheimnisvollen Kräfte der Natur zu enthüllen. Aber nach langem Nachdenken und Forschen sind sie zu der Überzeugung gelangt, daß alle Kräfte nur Offenbarungen einer einzigen Macht sind, und dieser Macht haben sie den Namen ‚Gott' gegeben."

Helen überlegte lange. Dann fragte sie: „Wer hat Gott geschaffen?"

„Darauf kann ich dir nicht antworten, Helen. Es gibt sehr, sehr viele Dinge, die die weisesten Menschen nicht zu erklären vermögen."

„Und woraus machte Gott die Welt? Woher nahm er die Erde, das Wasser, die Samenkörner und die ersten Tiere? Wo ist Gott? Haben Sie Gott je gesehen?"

„Nein. Du darfst dir Gott nicht als Person vorstellen. Mit unseren Augen können wir alle Gott nicht sehen", entgegnete Anne. „Er ist das Leben, der Geist, die Seele aller Dinge."

Die Fragen nach dem Göttlichen wagte Anne nicht allein zu beantworten, das wollte sie einem Berufeneren überlassen.

Sie fand ihn in Phillip Brooks, einem in Boston lebenden protestantischen Geistlichen, der später Bischof wurde. Diese überragende Persönlichkeit zeichnete sich nicht nur durch einen vornehmen Charakter aus, sondern auch durch Liebenswürdigkeit, Witz und knabenhafte Fröhlichkeit. Die Stadt war stolz auf ihn, und wenn seine imponierende Erscheinung auf der Straße zu sehen war, wurde sie oftmals Fremden wie ein berühmtes Denkmal gezeigt.

Helen faßte eine tiefe Zuneigung zu ihm. Wenn sie auf seinem Schoße saß, stellte sie unbefangen ihre Fragen, die Annes treue Hand vermittelte.

„Ich bin immer glücklich", sagte sie und schmiegte sich an ihn, „und der kleine Lord Fauntleroy – (‚Der kleine Lord' war eines ihrer liebsten Bücher) – war es ja auch. Aber der kleine Jakey – (der Held eines anderen Kinderbuches) – hatte ein so schweres, trauriges Leben. Warum hält es der liebe Vater im Himmel manchmal für richtig, uns großes Leid zu senden?"

„Gott will nicht bloß, daß wir *glücklich* sind", antwortete Sir Phillip Brooks. „Er will, daß wir auch *gut* sind. Er weiß, daß wir nur dann wirklich glücklich sein können, wenn wir auch gut sind. Ein großer Teil des Unglücks, das auf der Welt geschieht, ist eine Arznei, die sehr schwer einzunehmen, aber sehr heilsam ist, weil sie uns besser macht."

Für ihn gab es nur eine Weltreligion – die der Liebe –, und er lehrte sie Helen in schlichten Worten, ohne Dogma und Glaubensbekenntnis.

Nicht nur Bischof Brooks gewann sie sich in jenen Jahren zum Freunde. Längst hatten die Eltern eingesehen, daß ihr Kind in der Obhut von Anne Sullivan überall zu Hause war und ein abwechslungsreiches Leben seine geistige Entwicklung förderte. Zudem hatte sich zu der kleinen Mildred noch ein Brüderchen, Phillip, gesellt, so daß Kate Keller mehr denn je mit Arbeit überhäuft war. So ließen die Eltern es zu, daß Helen mit Anne oft längere Zeit fern von Tuscumbia lebte – teils in Boston im Perkins'schen Institut, teils während der Ferien bei Freunden im Norden oder Süden. Dabei erweiterte sich der

Kreis ihrer Bekannten ständig. Sie lernte eine Menge bedeutender Menschen kennen: Verleger, Schriftsteller, Ärzte, Wissenschaftler, die alle besonderes Interesse an dem lebhaften, weit über seine Jahre klugen Mädchen hatten, und mit denen sie auch später, als es galt, ihre und Annes wirtschaftlich schwierige Lage zu erleichtern, eine herzliche und hilfsbereite Freundschaft verband.

Schon als kleines Mädchen versuchte Helen, die Hilfsbereitschaft, die ihr selbst gewährt wurde, auf ihre Leidensgefährten auszudehnen. Hörte sie von einem Menschen, der in Dumpfheit und Einsamkeit lebte wie sie selbst einst, so gab sie keine Ruhe, bis sie mit Hilfe ihrer wohlhabenden Gönner etwas für ihn getan hatte.

Bei ihrem Zusammensein mit klugen und anregenden Menschen verstärkte sich in Helen immer mehr der Wunsch, sprechen zu können.

Als ihr eine Bekannte von einem blinden, taubstummen Mädchen erzählte, das sprechen gelernt hatte, fand sie keine Ruhe mehr. Was diesem Mädchen möglich gewesen war, mußte auch ihr gelingen. Sie beschloß, Sprechunterricht zu nehmen.

Anne und die Freunde rieten ihr ab. Die Aussicht auf einen Erfolg war gering. Mißlang der Versuch, so würde Helen schwer unter der Enttäuschung leiden und ihre Gebrechen noch stärker empfinden.

Aber bei aller Sanftmut und Fügsamkeit besaß Helen einen starken Willen und einen großen Hang zur Selbständigkeit. Schon als achtjähriges Mädchen hatte sie einmal, als sie etwas tun sollte, was ihr nicht richtig erschien, still dagesessen und auf die Frage, was in ihr vorgehe, geantwortet: „Ich bereite mich darauf vor, mir meine Unabhängigkeit zu bewahren."

Auch diesmal war sie nicht von ihrem Vorhaben abzubringen. „Denken Sie doch, wie sich Mutter freuen wird, wenn ich nach Hause komme und sie meine Stimme hören kann", sagte sie immer wieder zu Anne. „Und wie glücklich Mildred sein wird, wenn ich ihr Geschichten erzähle! Für ihre kleinen Finger ist das Buchstabieren doch so mühsam."

Zu dieser Zeit befanden sie sich in New York, und Anne brachte Helen zu Fräulein Fuller, der Leiterin der Horace-Mann-Schule für Taubstumme, die den Unterricht selbst übernahm.

Während der Lektionen mußte Helen ihre Hand leicht über das Gesicht von Fräulein Fuller legen, um die Stellung der Zunge und der Lippen zu fühlen. In elf Stunden hatte sie die Grundlagen der Sprechtechnik erlernt und konnte notdürftig sprechen.

Als der Unterricht beendet war, konnte es Helen kaum erwarten, heim nach Tuscumbia zu kommen und ihre Mutter zum ersten Male mit gesprochenen Worten zu begrüßen. Während der langen Reise übte sie unaufhörlich mit Anne, um ihr Sprechen soweit wie möglich zu verbessern.

Die Familie war vollzählig am Bahnhof versammelt. Helen warf sich in die Arme ihrer Mutter. Rauh und ungeschickt stammelte sie die ersten Worte. Die Mutter brach in Tränen aus, sie preßte ihre Tochter zärtlich an sich und streichelte sie, während die kleine Mildred jubelnd um die beiden herumsprang und Herr Keller Mühe hatte, seine Fassung zu bewahren.

Helen war glücklich, daß die Familie und die guten Freunde des Hauses ihre Sprache verstanden und sie selbst ihnen die Worte mit ihren Fingern von den Lippen ablesen konnte, daß ihre kleine Schwester mit ihr plauderte und ihr Hund ihrem Ruf gehorsam folgte. Doch noch konnte sie sich nicht jedem verständlich machen. Für viele waren die Laute, die von ihren Lippen kamen, nur ein wirres, nichtssagendes Geräusch.

Während dieser Ferien beschäftigte sich Helen mit der Niederschrift ihrer Lebensgeschichte für eine Jugendzeitschrift in Boston.

„Es ist nicht sehr angenehm, alles mögliche über sich selbst zu schreiben", erklärte sie zuweilen ernst, während sie in ihrem Zimmer oder auf der Terrasse auf und ab ging und ihre Hände durch die Luft flatterten, denn sie buchstabierte sich im Selbstgespräch ihre Gedanken, die sie später niederschrieb, in die Hand. Sie hatte ihre eigene kleine Schreibmaschine, auf der sie auch ihre Schularbeiten und ihre zahlreichen Briefe schrieb.

Während der Niederschrift wurden ihr durch das Nachdenken und die Konzentration viele bisher unbewußte Empfindungen klar und verständlich, und sie reifte an ihrer Arbeit.

Gleichzeitig verbesserte sich ihre schriftliche Ausdrucksweise, für die sie eine besondere Begabung besaß. Anne hatte ihr feines Empfinden für die Schönheiten des Stiles und der Sprache geweckt und entwickelt. Sie hatte stets nur die besten Bücher zum Vorlesen ausgewählt.

Zu ihren liebsten Freunden zählte Helen Doktor Bell. Häufig besuchte sie ihn in seinem schönen Heim. Wie sein Vater, der eine Zeichensprache für Taubstumme geschaffen hatte, widmete Doktor Bell einen großen Teil seiner Zeit neben seinen umwälzenden Erfindungen, unter denen das Telefon den ersten Platz einnahm, der Förderung der Taubstummen. Doch setzte er sich vor allen Dingen für das Ablesen von den Lippen und das Sprechen mit der eigenen Stimme ein, denn er glaubte, seine Schützlinge damit besser aus ihrer Einsamkeit befreien zu können.

Was Helen besonders zu ihm zog, war das Gefühl, daß er sie für einen vollwertigen Menschen hielt. An alle großen Fragen und Ereignisse führte er sie heran.

In seiner Jugend hatte er miterlebt, wie das Atlantikkabel gelegt wurde. Er erzählte Helen von den vielen vergeblichen Versuchen und den zahlreichen Menschenopfern.

„Aber Tatkraft und Heldenmut vieler einzelner haben das Werk gelingen lassen! Fast immer entsteht ein großes Werk durch Gemeinschaft, Helen. Auch ich hätte das Telefon wohl kaum ohne die treue Hilfe meines Assistenten Thomas Watson erfunden. War das eine Aufregung, als Watson, der in einem anderen Zimmer arbeitete als ich, zum ersten Male meine Stimme klar und verständlich durch den Apparat hörte: ‚Herr Watson, kommen Sie, ich brauche Sie!'"

„Was für ein alltäglicher Satz!" sagte Helen enttäuscht. „Ich wünschte, Sie hätten etwas ganz Bedeutungsvolles gesagt!"

„Es war bedeutungsvoll, Helen!" antwortete Doktor Bell. „Denn die Übermittlung der Worte: ‚Komm, ich brauche dich!' an die Millionen Arbeits-Watsons ist der größte Dienst, den das Telefon einer vorwärtsstrebenden Menschheit leisten kann."

Einige Monate später besuchte Helen in Begleitung von Doktor Bell und Anne Sullivan die Weltausstellung in Chikago. Hier lernte sie das Leben und die Arbeit fremder Völker und deren Kultur und Technik kennen. Doktor Bell führte ihr einige historische Telefone vor und erklärte ihr das Funktionieren einer Telefonleitung. Unter ihren staunenden, fühlenden Händen sprachen Kunstwerke und Schätze aller Erdteile auf sie ein. Die vollendete Schönheit einiger großer französischer Bronzen war ihr ein solches Erlebnis, daß sie zu Doktor Bell sagte: „Manchmal glaube ich fast, die Hand ist empfänglicher für die Schönheiten der Plastik als das Auge. Läßt sich der wunderbare rhythmische Fluß nicht besser fühlen als sehen?"

„Das ist schon möglich. Aber deine Fähigkeit, Schönheit zu genießen, ist ohnehin stärker als die vieler sehender Menschen!" antwortete Doktor Bell.

Vielleicht hätte er auch sagen können: „... als die vieler hörender Menschen.' Denn es bereitete ihr große Freude, die Schwingungen einer menschlichen Kehle beim Gesang oder die der verschiedenen Musikinstrumente zu fühlen.

Als sie einmal gefragt wurde, welches ihr das liebste Instrument sei, antwortete sie: „Das, welches alle Melodien des Ozeans zu schwellenden Fluten zusammenfaßt und ausströmen läßt: die vielstimmige Orgel."

Allmählich betrieb Helen ihr Studium immer systematischer. Sie hatte begonnen, sich mit Arithmetik sowie der französischen, der deutschen und der lateinischen Sprache zu beschäftigen. Die fremdsprachlichen Studien verstärkten den Wunsch, die Lautsprache noch besser zu beherrschen, besonders, nachdem sie mit Anne an einem Kongreß für die Förderung der Taubstummen teilgenommen und dort öffentlich gesprochen hatte. Sie stellte sich für ihr zukünftiges Leben die Aufgabe, das Mitgefühl der glücklicheren Umwelt für die Taubstummen zu wecken. Dazu aber brauchte sie die Lippensprache.

Aus diesem Grunde trat sie 1894 als vierzehnjähriges Mädchen in die Wright-Humason-Schule in New York ein, in der vor allem das Ablesen von den Lippen und die Ausbildung der Stimme gelehrt wurde.

Aber auch ihre anderen Studien setzte sie fort. Sie las Schillers ‚Wilhelm Tell', Lessings ‚Nathan der Weise' und Molières ‚Der eingebildete Kranke' in den Ursprachen und beschäftigte sich mit Arithmetik und physikalischer Geographie.

Zwei glückliche Jahre verbrachte Helen Keller in der Wright-Humason-Schule. Neben dem eigentlichen Unterricht wurde alles getan, um die Schüler anzuregen und zu zerstreuen. Sie wurden von ihren Lehrern auf Ausstellungen geführt, unternahmen Segelpartien auf dem Hudson und machten gemeinsame Ausflüge und Spaziergänge im Zentralpark, den Helen besonders liebte. Hier erholte sie sich von den Geräuschen und Erschütterungen des Großstadtlärms, die ihren empfindsamen Körper angriffen. Sie fühlte sich frischer und wohler in der Stille und lebte daher lieber auf dem Lande als in der Stadt.

Auf den gemeinsamen Streifzügen durch die Straßen verblüffte sie ihre Kameraden immer wieder durch die erstaunliche Fähigkeit, auf Grund von Gerüchen ihre Umgebung zu erraten.

„Jetzt sind wir in der Fünften Avenue", erklärte sie mit Bestimmtheit.

„Woher weißt du denn das?“

„Keine andere Straße in New York strömt einen so vornehmen Geruch aus. Die Frauen, die an mir vorbeigehen, riechen nach kostbaren Parfums und Cremes, und aus den Häusern dringt ein herrlicher Duft von gutem Essen und schönen Blumen. – Hier ist zum Beispiel frisch tapeziert worden“, sagte sie, vor einer geöffneten Haustür stehenbleibend. „Es riecht nach Leim und Kleister.“

„Und wo sind wir jetzt, Helen?“

„Einen Augenblick!“ Sie schnupperte. „Das muß das italienische Viertel sein.“

„Woher weißt du das schon wieder?“

„Das ist doch ganz einfach. Wo sonst sollte es soviel Salami, Knoblauch und Spaghetti auf einmal geben?“

„Weißt du vielleicht auch, vor was für einer Kirche wir jetzt stehen?“

„Vor einer katholischen.“

„Aber das ist ja Hexerei!“

„Gar nicht. Der Duft des Weihrauchs dringt doch bis hierher.“

In ihrer Freizeit genoß Helen das Zusammensein mit vielen anregenden und bedeutenden Menschen.

Besonders im Hause des Verlegers Hutton und seiner Frau, die sich ihrer sehr annahmen, machte sie ständig neue wertvolle Bekanntschaften.

An einem Sonntagnachmittag lernte sie dort Mark Twain kennen. Er unterhielt sich lange mit ihr und erzählte ihr eine lustige Geschichte nach der anderen, die sie ihm von den Lippen ablesen durfte. Immer wieder brachte er sie zum Lachen.

Seit diesem Tage begegneten sie sich häufig. Bald hatte er ihr Herz vollständig gewonnen. Er bedeutete ihr ebensoviel wie Doktor Bell. Auch er ließ sie niemals fühlen, daß sie anders war als andere Menschen. Sein Zartgefühl empfand sofort ihren Schmerz, wenn sie es in irgendeinem Punkte nicht mit den anderen aufnehmen konnte. Dann verwandelte er ihre Gebrechen durch ein Scherzwort oder eine romantische Geschichte in eine Gabe des Schicksals, die ihr besondere Vorrechte verlieh.

Als Abschluß des Besuches der Wright-Humason-Schule fuhren Helen und Anne wieder einmal in Begleitung von Frau Hopkins in das Seebad Brewster.

Sie hatten beide schwer gearbeitet. Noch war Helens Sprache trotz unermüdlicher Übung und Annes stetiger Kontrolle und Verbesserung nicht einwandfrei. Jahrelang arbeiteten beide unermüdlich weiter, übten stundenlang und waren glücklich über jeden kleinen Fortschritt. Immer wieder kontrollierte Helen mit ihren Fingern Annes Kehlkopfbewegungen und ihre Zungenstellungen und verglich sie mit den eigenen. Das vollendete Instrument, das sie sich erträumt hatte, wurde die Lautsprache für Helen nicht. Immerhin erweiterte sich mit ihrer Hilfe der Kreis von Menschen, mit denen sie sich ohne einen Dritten verständigen konnte. Sie hielt auch Vorträge und Ansprachen in Versammlungen, die sich mit der Förderung der Blinden und Taubstummen befaßten, und sie konnte durch ihr eigenes tapferes Beispiel manches für ihre Schicksalsgenossen erreichen.

11

Das kleine Städtchen Cambridge am Charles-River, dessen Gründung ins 17. Jahrhundert zurückgeht und in dessen Mauern im Jahre 1639 die erste Druckerei der Vereinigten Staaten eröffnet wurde, ist mit dem benachbarten großen Boston durch neun Brücken verbunden.

Am 1. August 1896 trat Helen nach erfolgreicher Aufnahmeprüfung in Englisch, Deutsch, Französisch sowie griechischer und römischer Geschichte in das Cambridger Mädchengymnasium ein, das als Vorbereitung für das Radcliffe College, die Abteilung für weibliche Studierende an der weltberühmten Harvard-Universität, diente.

Die Harvard-Universität war schon für die kleine Helen das leuchtende Ziel gewesen. Viele der Freunde, die sich in großherziger Weise um ihre Ausbildung bemühten, hatten sie von diesem Wege abzubringen versucht. Sie wollten Helen die schwere Enttäuschung ersparen, die ihr ein Versagen bereiten würde.

Anne Sullivan sah jedoch bald ein, daß Helen sehr unglücklich sein würde, wenn sie auf ihren Plan verzichten müßte.

„Es ist schon seit Jahren ihr Ehrgeiz, mit sehenden und hörenden Mädchen in geistigen Wettbewerb zu treten und dabei nicht zu versagen", erklärte sie Herrn und Frau Hutton, die ihre Befürchtungen wegen des Studiums geäußert hatten. „Schon als Kind ist sie stets in leidenschaftliche Erregung geraten, wenn sie merkte, daß sie etwas nicht verstand. Nie war sie dazu zu bewegen, eine Aufgabe, mit der sie sich herumquälte, bis zum nächsten Tag liegenzulassen. ‚Ich glaube, es würde meinen Geist kräftigen, wenn ich sie jetzt löse', antwortete sie gewöhnlich und ließ nicht nach, bis sie es geschafft hatte. – Ich habe nie wieder versucht, ihr eine gewünschte Erklärung mit der Begründung zu verweigern, sie könne sie jetzt noch nicht verstehen, nachdem sie mich einmal sehr gekränkt gefragt hat:

‚Woher wissen Sie denn, daß ich es nicht verstehen kann? Ich habe einen klaren Verstand. Bedenken Sie, liebes Fräulein, daß bei den Griechen die Eltern sehr eifrig um ihre Kinder besorgt waren und ihnen schon früh Gelegenheit gaben, weise Reden zu hören. Ich glaube, sie verstanden doch immer wenigstens einen Teil von dem Gesagten.'

Nein, wenn Helen es sich in den Kopf setzt, ein bestimmtes Ziel zu erreichen, ist sie nicht davon abzubringen."

„Aber da ist noch ein anderer Punkt, liebes Fräulein Sullivan, der gegen Helens Studium spricht", sagte Frau Hutton. „Er betrifft Sie selbst. Ihre Augen sind in den letzten Jahren wieder sehr viel schlechter geworden, und Helens Studium würde auch an Sie gewaltige Anforderungen stellen. Sie würden ihr sehr viel vorlesen müssen und Ihr Augenlicht dabei noch mehr gefährden."

„Auf mich kommt es nicht an", sagte Anne einfach. „Wenn das Studium für Helen die Erfüllung eines Herzenswunsches und eine Bereicherung ihres Lebens bedeutet, so ist es selbstverständlich, daß ich ihr helfe, soviel ich kann."

„Sie sind ein wundervoller Mensch, Fräulein Sullivan. Was wäre wohl aus Helen geworden, wenn Sie nicht in ihr Leben getreten wären? Wer hätte ihre Fähigkeiten und ihre guten Eigenschaften geweckt? In mühevoller Arbeit haben Sie aus Schwäche und Hilflosigkeit ein sinnvolles Leben aufgebaut."

Frau Hutton hatte recht. Nicht nur Helen, sondern auch Anne mußte eisernen Fleiß aufbringen. Zum Lehrstoff gehörte eine umfangreiche Lektüre. Da nur wenige der erforderlichen Bücher in Blindenschrift zu haben waren, mußte Anne sie Helen größtenteils in die Hand buchstabieren, ebenso wie sie Tag für Tag in den Unterrichtsstunden neben ihr saß und ihr die Vorträge der Lehrer übermittelte. Jede Helen noch unbekannte Vokabel mußte sie sorgfältig notieren, um ihre Schülerin später darauf aufmerksam zu machen.

Nur der Direktor der Anstalt, Herr Gilman, und die Deutschlehrerin, Frau Gröte, hatten das Fingeralphabet erlernt. Frau Gröte buchstabierte Helen zweimal in der Woche in Privatstunden das Pensum mühsam in die Hand. Darunter Heines ‚Harzreise', Schillers ‚Glocke' und ‚Taucher', Goethes ‚Dichtung und Wahrheit' und Lessings ‚Minna von Barnhelm'.

„Frau Grötes Finger sind so gutwillig und dabei so ungeschickt", sagte Helen nach einer anstrengenden Stunde seufzend zu Anne. „Niemand tut es Ihnen gleich, und nur Ihre liebe Hand kann die Plage in Genuß verwandeln."

Mit der französischen Lehrerin verständigte Helen sich durch die Lautsprache und las ihr die Worte mit den Fingern von den Lippen ab.

Überall hatte sie größere Schwierigkeiten zu überwinden als ihre Mitschülerinnen, das zeigte sich besonders bei den Examen. Frühmorgens am Prüfungstage wurde das Thema der Arbeiten auf der Harvard-Universität ausgegeben und durch einen vertrauenswürdigen Boten ins Gymnasium gebracht. Da Helen ihre Arbeiten auf der Schreibmaschine niederschrieb, wurde ihr ein besonderes Zimmer angewiesen, damit ihre Mitschülerinnen durch das Klappern der Maschine nicht gestört wurden. Ein an der Tür aufgestellter Wächter sollte jegliche Unkorrektheit ausschalten.

Direktor Gilman buchstabierte Helen die Aufgaben in die Hand. Die Themen für die Prüfung in Deutsch gab er ihr zunächst im Zusammenhang und dann noch einmal Satz für Satz, und Helen wiederholte sie zum Zeichen ihres Verständnisses laut. Es waren recht schwierige Aufgaben, und sie war beim Ausarbeiten auf der Schreibmaschine nervös und ängstlich. Als sie fertig war, buchstabierte der Direktor ihr das Niedergeschriebene in die Hand, sie sagte ihm, was sie zu verbessern wünschte, und er fügte es ein. Bei keiner späteren Prüfung hatte sie diese Erleichterungen. Niemals wieder wurde ihr ihre Niederschrift vorgelesen, so daß sie alle ihr nachträglich einfallenden Fehler nur am Schluß der Arbeit verbessern konnte.

Bei jener ersten Prüfung bestand sie sämtliche Fächer: Französisch, Latein, griechische und römische Geschichte, Deutsch und Englisch sogar mit Auszeichnung.

Im zweiten Schuljahr hatte Helen sich als Hauptfach Mathematik gewählt. In einer großen Klasse, in der die Lehrer sich nicht einzeln mit ihr beschäftigen konnten, waren die Schwierigkeiten für dieses Studium ungeheuer. Sie war für Mathematik nicht besonders begabt, obendrein fehlten ihr zunächst Bücher in Blindenschrift. So war es eine gigantische, kaum zu bewältigende Arbeit für Anne, die Aufgaben und Lehrsätze und die Vorträge der Lehrer mitzubuchstabieren.

Da Helen die geometrischen Figuren an der Tafel nicht sehen konnte, mußten sie mit Nadeln und Drähten auf einem Kissen zum Nachtasten dargestellt werden, und dann galt es, diese Figuren mit sämtlichen Bezeichnungen zu behalten und die Aufgabe im Kopf zu lösen.

Es war zuviel, was Helen von sich gefordert hatte. Zum ersten Mal versagten ihr Mut und ihre Nerven. Es gab Tränen und Verzweiflungsanfälle, wenn ihre Gebrechen sie daran hinderten, mit den Kameradinnen Schritt zu halten. Sie fühlte auch, daß Anne ihre Augen überanstrengte, obwohl sie es ableugnete.

Das Gewissen quälte Helen. War sie zu selbstsüchtig? Nahm sie zu große Opfer von Anne an? Noch niemals hatte sie so unter ihrem Schicksal gelitten. Doch immer wieder riß sie sich zusammen und arbeitete weiter.

Endlich schienen die größten Schwierigkeiten überwunden. Ihre Freunde hatten Lehrbücher in Blindenschrift für sie anfertigen lassen. Nun fiel ihr die Arbeit leichter, und Annes Augen wurden entlastet.

Da traf sie ein schwerer Schlag. Direktor Gilman forderte plötzlich, daß ihre Abschlußprüfung auf einen späteren Zeitpunkt verschoben würde. Eine leichte Unpäßlichkeit Helens bezeichnete er als einen durch vollkommene Überanstrengung verursachten Zusammenbruch.

Es kam zu Unstimmigkeiten zwischen ihm und Anne Sullivan, die genau wußte, daß Helen unter dem Gefühl, mit ihren Kameradinnen nicht mitkommen zu können, viel stärker leiden würde als unter der größten Arbeitslast.

Der Direktor ließ sich jedoch nicht umstimmen, und so verließ Helen schließlich das Gymnasium.

Aber sie gab nicht auf. Sie fand einen tüchtigen Hauslehrer und bereitete sich durch Privatunterricht weiter auf die Universität vor. Sie hatten Cambridge verlassen und wohnten bei Freunden in dem kleinen, nahe bei Boston gelegenen Dorfe Wrentham.

Das ruhige Leben auf dem Land stärkte Helens Körper und ihre Nerven. Das Arbeiten fiel ihr wieder leichter. Neben anderen Studien las sie die Ilias und die Odyssee in Griechisch und bestand trotz großer Schwierigkeiten im Juni 1899 die Prüfung für das Radcliffe College.

12

Als sich das Jahr 1900 seinem Ende näherte, ging Helens heißer Wunsch in Erfüllung: sie wurde Studentin.

Wie damals vor vielen Jahren, als sie den Sinn der Sprache erfaßt hatte, warf sie sich am Abend vor dem ersten Kolleg leidenschaftlich in die Arme ihrer Freundin und Lehrerin.

„Ich bin so glücklich, daß ich es geschafft habe und meine Kräfte mit Sehenden und Hörenden messen kann. Und ich weiß, wieviel ich Ihnen wieder zu verdanken habe, Ihnen und Ihren lieben Händen, die mir das Bild der Welt und die großen Gedanken der Menschheit vermittelt haben."

Wie damals stand Helen am nächsten Morgen strahlend vor freudiger Erwartung auf. Wieder hatte sie das Gefühl, vor den geöffneten Pforten einer neuen Welt zu stehen.

„Die Schönheit und das Licht dieser Welt sind auch für mich da", sagte sie, als sie Arm in Arm mit Anne zur Universität schritt. „Denn im Land des Geistes bin ich so frei wie jeder andere."

Vier Studienjahre, reich an Glück, aber auch nicht frei von Enttäuschungen, folgten. Licht und Schatten fielen auf die Wege, die zum Wissen führten.

Helens Gebrechen zwangen sie, viel härter und angespannter zu arbeiten als ihre Kameradinnen. Nur wenige der in den Kursen gebrauchten Bücher waren in Blindenschrift gedruckt, und die meisten Texte mußten ihr Wort für Wort von Anne in die Hand buchstabiert werden. Nächtelang saßen die beiden über den Büchern, Anne las vor und schlug die unbekannten fremdsprachlichen Wörter im Lexikon nach.

Zuweilen dachte Helen in diesen Stunden an die Kameradinnen, die längst mit ihren Arbeiten fertig waren und sich bei Tanz und heiteren Zerstreuungen erholten. Warum mußte sie davon ausgeschlossen sein? Warum war das Schicksal so grausam gegen sie?

Eine tiefe Verbitterung erfaßte sie zuweilen. Fühlte sie dann Annes unermüdliche Hand, riß sie sich zusammen. Die treue Gefährtin hatte ihretwegen freiwillig auf alle diese Freuden verzichtet und ihr seit Jahren jede Stunde ihres Lebens geopfert. Sie durfte ihr nicht zeigen, daß sie litt und unglücklich war. Leise strich sie über Annes Hand, schob die düsteren Gedanken beiseite und arbeitete weiter.

Anne mußte Helen die Vorlesungen in größter Geschwindigkeit in die Hand buchstabieren, und ebenso schnell mußte Helen den Inhalt des Vortrages erfassen. Vor ihren Universitätsjahren hatte sie Gelesenes und Gehörtes in Ruhe durchdenken und weiterspinnen können. Nun war ihr der Mangel an Zeit zum Nachdenken und Phantasieren ein schweres Hindernis. Sie mußte von Gedanken zu Gedanken hetzen, alles flüchtig aufnehmen, wie man Blumen auf einer Wiese unordentlich zusammenrafft und erst später zu einem Strauß ordnet.

Doch es war ja Helens besondere Gabe, mit dem Schatten zugleich das Licht zu empfinden.

„Die Worte sind heute wieder durch meine Hände gerast wie Hunde auf der Jagd nach einem Hasen, aber leider ist ihnen der Hase entwischt", sagte sie einmal nach einer Vorlesung zu Anne. „Ob jedoch die anderen Mädchen besser daran sind, die sich während des Vortrags Notizen machen? Sie müssen gleichzeitig hören und mitschreiben und können dabei weder für den Stoff noch für die Art des Vortrags die notwendige Aufmerksamkeit aufbringen. Meine Hand ist nur mit Aufpassen beschäftigt. Wenn ich später in Ruhe meine Aufzeichnungen mache, kann ich mich vielleicht besser mit dem Stoff auseinandersetzen."

Die schriftlichen Hausarbeiten sowie die Semester- und Jahresprüfungen arbeitete sie auf der Schreibmaschine aus.

Während ihres ersten College-Jahres studierte Helen englische Literatur und englischen Stil, Französisch, Deutsch und Geschichte. Sie las Molière, Alfred de Musset, Racine, Goethe und Schiller und beschäftigte sich in der Geschichte mit dem Zeitraum des Römischen Reiches bis zum 18. Jahrhundert.

Ihre Klassengefährtinnen waren sehr freundlich zu ihr und wählten sie zur Vizepräsidentin. Zu einer richtigen Kameradschaft hatte Helen jedoch zu wenig freie Zeit. Gewöhnlich verbrachte sie die Frühstückspause mit ihren Mitschülerinnen, von denen aber nur eine einzige das Fingeralphabet beherrschte, so daß Annes Finger auch in den Pausen, wenn sie dolmetschen mußte, nicht zur Ruhe kamen.

Die ersten Sommerferien ihrer Universitätszeit verbrachten Helen und Anne bei Doktor Bell und seiner Familie in seinem Sommerhaus bei Baddeck.

Zu jener Zeit beschäftigte sich Doktor Bell gerade intensiv mit dem Flugwesen und machte täglich lange und ausführliche Experimente mit einem riesigen Kastendrachen.

Seine Versuche hatten zwar nicht den gewünschten Erfolg, aber er verlor niemals den Mut und hatte so viel Humor, sich selbst über verunglückte Experimente lustig zu machen.

„Das ist ja gerade das Interessante am Leben", sagte er einmal nach einem mißglückten Versuch zu Helen, „daß immerfort etwas geschieht, nur nicht das, worauf wir gerade gefaßt sind. Denn wir können nur bis zur nächsten Ecke sehen und wissen nicht, was für Überraschungen uns dahinter erwarten."

Am letzten Abend ihrer Ferien saß Helen noch einmal allein mit Doktor Bell auf der Terrasse. Er hatte den ganzen Tag schwierige Experimente gemacht und war sehr müde. Schweigend hielt er ihre Hand in der seinen. Nach einer langen Weile friedlicher Stille spürte sie plötzlich seine Worte: „Was willst du eigentlich beginnen, wenn du graduiert worden bist, Helen?"

„Anne und ich haben beschlossen, uns irgendwo auf dem Land niederzulassen. Dann will ich schreiben", antwortete Helen.

„Nicht du, sondern die Umstände werden deine Arbeit bestimmen. Wir sind nur Werkzeuge der Mächte, welche das Weltall regieren. Ich habe oft darüber nachgedacht, ob es wahr ist, daß wir Herr unseres Schicksals sind. Ich bezweifle es, Helen. Je länger ich dem Leben zuschaue, desto rätselhafter wird es mir. Immer wieder begegne ich dem Unerwarteten. Du weißt, in meiner Jugend wollte ich Musiker werden. Ich liebte Musik leidenschaftlich. Doch das Schicksal fügte es anders und führte mich aus meiner schottischen Heimat nach Amerika. Bald beschäftigten mich intensive Versuche mit dem Instrument, aus dem dann das Telefon entstand. Zur Zeit beschäftige ich mich Tag und Nacht mit Aeronautik, aber mein Hauptinteresse gehört, wie du ja weißt, der Erziehung der Taubstummen. Nein, Helen, in dem Sinn, daß ich mir meine Arbeit selbst gewählt hätte, bin ich nicht Herr meines Schicksals gewesen."

Er schwieg eine Weile. Dann fuhr er fort: „Deine Gebrechen haben dich der Welt gegenüber auf einen besonderen Platz gestellt. Du hast sprechen gelernt. Ich glaube, du bist dazu bestimmt, die Schranken niederzureißen, die den tauben Menschen von den anderen trennen. Denke daran, Helen, daß du dich nicht auf eine einzige Art der Äußerung beschränken sollst. Schreibe, rede, studiere, tue alles, was du irgend kannst. Je mehr du fertigbringst, desto mehr wirst du den Taubstummen überall helfen. Einzigartige Aufgaben erwarten dich, du einzigartige Frau!"

Helens Herz klopfte. Sie fühlte, Doktor Bell hatte recht, auch ihrem Leben war eine bestimmte Aufgabe gestellt.

Nach einer langen Pause sagte er zart: „Und ich glaube,

Helen, einmal wird der Tag kommen, an welchem die Liebe – Liebe, die mehr bedeutet als Freundschaft – an dein Herz herantreten und Einlaß begehren wird."

Leise fragte Helen: „Wie kommen Sie darauf?"

„Ich denke oft an deine Zukunft. Du bist ein liebliches, begehrenswertes junges Mädchen, und es ist nur natürlich, an Liebe und Glück zu denken, wenn man jung ist."

„Ich beschäftige mich manchmal mit der Liebe", gestand Helen nach einigem Zögern. „Aber sie erscheint mir wie eine wunderbare Blüte, die ich nicht berühren darf."

„Du mußt nicht glauben, daß du von dem höchsten Glück einer Frau ausgeschlossen bist, weil du nicht sehen und hören kannst, Helen. Dein Fall hat mit Erblichkeit nichts zu tun."

„Ich kann mir nicht vorstellen, daß mich jemals ein Mann heiraten will. – Und ich bin glücklich, vollständig glücklich. Ich habe meine Mutter, Anne und Sie. Eine Menge wunderbarer Aufgaben wartet auf mich. Mir liegt nichts an einer Heirat. Alles besitzt sein Wunderbares, auch Dunkelheit und Stille. Ich will mich unter allen Umständen mit meiner Lage bescheiden."

Helen schwieg lange.

Doch plötzlich sagte sie leise: „Es ist nicht wahr, Herr Doktor, daß ich immer glücklich bin. Manchmal, wenn ich allein bin und wartend vor dem geschlossenen Tor des Lebens stehe, überfällt mich die Einsamkeit wie ein kalter Nebel. Drinnen ist Musik und Licht und heitere Geselligkeit, mir aber ist der Eintritt verwehrt. Das Schicksal versperrt mir schweigend, erbarmungslos den Weg. Oft möchte ich mit ihm hadern, denn ich bin jung, und mein Sinn ist noch ungebärdig und leidenschaftlich. Aber die bitteren, nutzlosen Worte sinken unausgesprochen in mein Herz wie unvergossene Tränen. Und das Herz sagt: ‚Auch im Selbstvergessen liegt Genuß.' So versuche ich, das Licht in anderer Augen zu meiner Sonne, die Musik in anderer Ohren zu meiner Symphonie, das Lächeln auf anderer Lippen zu meinem Glück zu machen."

Wortlos streichelte Doktor Bell ihre Hand.

13

Das zweite Studienjahr begann. Helen belegte Vorlesungen über die politischen Verhältnisse Amerikas und Europas, studierte lateinische Lustspiele und Horazische Oden, beschäftigte sich mit der Bibel vom literarischen Standpunkt aus und hörte Vorlesungen über englische Stillehre bei Professor Copeland, den sie besonders schätzte.

Was Helen das Universitätsleben zur Qual machte, war die Angst vor den Prüfungen. Vor jedem Examen empfand sie dasselbe Entsetzen. War es überstanden, gab sie ihren Freunden noch halb verstört, halb schon wieder über ihre eigene Schwäche spottend, eine Schilderung der Vorgänge.

„Es war wieder furchtbar! Wie es einen erbittern kann, daß das Gedächtnis gerade in dem Augenblick, wo man es am dringendsten braucht, Flügel bekommt und davonflattert! – Stellt euch vor, da fragt der Professor:

‚Geben Sie mir einen kurzen Überblick über Hus und seine Bedeutung!'

Hus? – Der Name kommt mir doch bekannt vor. Wer war das bloß? Und ich wühle in meinem Vorrat historischer Kenntnisse herum, als suche ich in meinem Lumpensack nach einem Stückchen Seide. Irgendwo ganz oben muß es liegen, das weiß ich mit Bestimmtheit. Aber wo? Ich habe es doch kürzlich gesehen, als ich mir den Beginn der Reformation betrachtete. Und ich fische hier einen Wissensbrocken heraus und dort – Revolution, Schismen, Niedermetzelungen, Regierungssysteme – aber wo steckt Hus? Erstaunlich, was man alles weiß, nur im Augenblick kommt es leider gar nicht in Betracht ... Verzweifelt packe ich den Sack und schütte ihn aus, und in einer Ecke sitzt der gefragte Herr und brütet über seinen Privatgedanken, ohne eine Ahnung von dem Unheil zu haben, das er über unsereinen gebracht hat.

In diesem Augenblick verkündet der Examinator: ‚Die Frist ist um!'

Ich schleudere angeekelt mein Gerümpel in eine Ecke, gehe wütend nach Hause und entwerfe einen revolutionären Plan nach dem anderen, wie man das göttliche Recht der Professoren, Fragen ohne Genehmigung der Befragten zu stellen, abschaffen könnte."

Im dritten Universitätsjahr beschäftigte sich Helen mit Gebieten, die sie besonders fesselten: Nationalökonomie, Literatur der Elisabethanischen Zeit und vor allem Philosophie, die die Schranken ihrer begrenzten Welt öffnete und ihr den Weg ins Grenzenlose freigab. Der Satz von Descartes: ‚Ich denke, also bin ich!' hob sie über sich selbst, über das blinde und taube Geschöpf hinaus.

Eines Tages, mitten in der Lateinvorlesung, erschien der Pedell im Vortragssaal und näherte sich leise und vorsichtig Annes und Helens Plätzen.

„Fräulein Sullivan, ein Herr wünscht Sie und Fräulein Keller zu sprechen", flüsterte er Anne zu. „Er wartet unten im Vestibül."

„Alexander – von ‚Ladies Home Journal'", stellte sich der Fremde vor, als die beiden herunterkamen. „Ich bin im Auftrage von Herrn Bock, dem Inhaber des Verlages, hier. Er läßt Ihnen sagen, Fräulein Keller, daß er die Geschichte Ihres Lebens gern in monatlichen Fortsetzungen veröffentlichen würde."

„Die Geschichte meines Lebens? Wie kommt er denn darauf? Nein, das ist unmöglich!"

„Aber warum denn? Ein großer Teil der Arbeit ist ja schon fertig! Sie haben doch bereits eine ganze Anzahl Fortsetzungen geschrieben!"

„Ich verstehe Sie nicht!"

„Nun, in Ihren Aufsätzen haben Sie doch bereits einen Teil Ihrer Lebensgeschichte niedergelegt."

Im englischen Unterricht hatte Helen tatsächlich in einer Reihe von Aufsätzen ihr Leben geschildert. Diese Arbeiten waren jedoch niemals an die Öffentlichkeit gelangt.

Daher fragte sie verblüfft: „Woher wissen Sie denn etwas von meinen Aufsätzen?"

„Es ist mein Beruf, solche Dinge herauszufinden!" erwiderte Alexander lachend. „Glauben Sie mir, die Grundlagen für das Werk sind bereits vorhanden. Es wird keine Schwierigkeiten machen, Ihre Aufsätze in Zeitungsartikel umzuarbeiten. – Als

Honorar hat Herr Bock 3 000 Dollar ausgesetzt."

Helen kniff Anne vor Erregung in den Arm. 3 000 Dollar zu verdienen, das war ein stolzes Gefühl für eine einundzwanzigjährige Studentin! So unterzeichnete sie einen Vertrag, worin sie sich verpflichtete, die Geschichte ihres Lebens in monatlichen Fortsetzungen in ‚Ladies Home Journal' herauszubringen.

Damit begann eine Arbeit, die hohe Anforderungen an ihre Kräfte und Nerven stellte. Abgesehen von den künstlerischen Problemen und ihrer Unerfahrenheit auf praktischem schriftstellerischen Gebiet lag sie ständig mit rein technischen Dingen im Kampfe. Schrieb sie mit der Braille-Maschine, so konnte zwar sie selbst, aber niemand sonst das Manuskript lesen. Sie begann daher sehr bald auf einer gewöhnlichen Schreibmaschine zu schreiben. Nun aber konnte sie das Geschriebene weder selbst nachlesen noch zurückblättern, um Einfügungen und Änderungen vorzunehmen. So mußte Anne ihr die einzelnen Episoden vorlesen, und Helen verließ sich bei der Ausarbeitung völlig auf ihr Gedächtnis. Nach Vollendung der ersten Fassung ließ ihr ein Freund eine Braille-Kopie des gesamten Manuskriptes herstellen, die sie ohne fremde Unterstützung lesen konnte. Auch ihre Korrekturen machte sie in Braille-Schrift, die ihre Helfer dann auf das endgültige Maschinenmanuskript übertrugen.

Bei den ersten Kapiteln hatte ihr englischer Lehrer, Professor Copeland, Helen beraten. Sie hatte noch niemals für Zeitungen geschrieben und wußte nicht, wie sie mit ihrem Material die vorgeschriebene Spaltenlänge füllen sollte. Immer wieder kam Anne mit einem von der Redaktion gesandten Telegramm zu

Helen: ‚Wir müssen das nächste Kapitel sofort haben!' oder: ‚Zwischen Seite sechs und sieben ist kein Zusammenhang. Telegraphieren Sie das Fehlende!', und Helen versuchte mühsam herauszufinden, was sie zwischen Seite sechs und sieben ausgelassen haben könnte.

„Wir alle lesen deine Artikel mit großem Vergnügen und Interesse und warten gespannt auf jede neue Fortsetzung", sagte eine frühere Mitschülerin, die geheiratet hatte und sie eines Nachmittags zum Tee besuchte.

„Ich wünschte, ich hätte mich nie auf diesen Auftrag eingelassen", antwortete Helen. „Mein Verleger hat mir neulich geschrieben, sie schmorten alle im Fegefeuer, während sie auf meine Fortsetzungen warteten. Ich bin zu unerfahren. Manchmal fürchte ich, an den technischen Fragen zu scheitern."

„Hast du keinen Menschen, den du um Rat fragen könntest?"

„Wir kennen leider niemanden, der dafür in Frage käme", sagte Anne.

„Ich überlege, ob ich eine geeignete Persönlichkeit weiß. – Warte – ja – vielleicht John Macy, ein Freund meines Mannes. Er ist selbst Schriftsteller und außerdem Lehrer für englische Sprache an der Harvard-Universität. Übrigens unterrichtet er auch im Radcliffe College. Vielleicht kennst du ihn sogar?"

„Nein, aber seinen Namen habe ich schon gehört. Und du glaubst, er wäre bereit, mir zu helfen?"

„Ich denke schon."

„Was meinen Sie dazu, Anne?"

„Es wäre reizend, wenn Frau Hocker uns die Bekanntschaft vermitteln würde."

„Das will ich gern tun.“

An einem der nächsten Abende brachte das junge Ehepaar John Macy zu Anne und Helen, die ihm von ihren Schwierigkeiten erzählten.

Er sagte seine Hilfe zu.

„Seine Hände sind mir sehr sympathisch“, erklärte Helen später. „Und alles, was er sagt, ist klug und geistreich. Wie gefällt er dir denn?“

„Recht gut, soweit man dies in so kurzer Zeit beurteilen kann“, antwortete Anne kurz.

„Ich glaube, er ist ein Gewinn für uns. Wenn ich neue Menschen kennenlerne, habe ich mich doch eigentlich immer auf den Eindruck, den mir ihre Hände machen, verlassen können.“

Bereits am nächsten Tage kam John Macy wieder, und sie machten sich zu dritt an die Arbeit. Helens Material lag wirr durcheinander.

„Das schlimmste ist“, sagte sie kleinlaut, „daß ich vor ein paar Stunden schon wieder ein Telegramm vom Verlag bekommen habe – man wartet verzweifelt auf die nächste Fortsetzung. Ich bin mir aber nicht klar darüber, ob der Komplex, den ich jetzt ausgearbeitet habe, nicht zu lang für eine Nummer ist und wo ich ihn am besten teilen könnte.“

„Lassen Sie uns erst einmal alles in Ruhe durchsehen“, sagte John Macy, „dann wird es uns nicht schwerfallen, gemeinsam ein neues Kapitel zusammenzustellen.“

Nach wenigen Stunden hatte er sich mit dem Stoff vertraut gemacht, gab Helen einige gute Ratschläge, und am nächsten Tag ging die gewünschte Fortsetzung an den Verlag ab.

Während der Universitätszeit hatten Helen und Anne einen anregenden Kreis junger Studenten und Lehrer der Harvard-Universität um sich gesammelt, mit denen sie häufig ihre Freizeit verbrachten. Zu den engsten Freunden gehörten John Macy und Phillip Smith, der später ein bedeutender Geologe wurde. Seine junge Frau Leonore unterstützte Helen in vielen Dingen und begleitete sie auch in die Vorlesungen, wenn Annes immer schlechter werdendes Augenlicht sie zu Ruhe und Schonung zwang.

In der warmen Jahreszeit unternahmen sie miteinander ausgedehnte Wanderungen oder Tandemfahrten in die schöne Umgebung von Cambridge, durch die Wälder oder in das Moor.

An frostklirrenden Winternachmittagen, wenn die Landschaft im Rauhreif lag, wurden zuweilen Fahrten in mit duftendem Heu ausgepolsterten Schlitten veranstaltet.

Einige der Freunde hatten das Fingeralphabet erlernt. Stets war jemand an Helens Seite, um ihr die Landschaft zu schildern. Dabei genoß sie den Duft des Heus und die frische Kühle des stiebenden Schnees, wenn sie unter tiefhängenden Zweigen dahinfuhren, das weiche Gleiten des Schlittens und die Schwingungen des Pferdegetrappels.

Nach der Rückkehr in die Stadt nahmen Helen und Anne die Freunde mit in ihr Heim. Behagliche Wärme schlug ihnen entgegen und herrlicher Duft von Kaffee und frischgebackenem Kuchen.

Alles quirlte durcheinander, um dem Mädchen beim Tischdecken zu helfen.

Nach dem Abendessen saßen sie mit einem Glas Apfelwein am offenen Kamin, genossen das warme Feuer und diskutierten über die großen Probleme der Menschheit.

Galt es, die schlechte Welt in ein Paradies zu verwandeln, dann war Helen eine der eifrigsten. Zuweilen verspottete sie sich selbst und sagte lachend: „Da habe ich mal wieder mit einer einzigen Handbewegung eine vollkommene Demokratie errichtet."

„Was willst du eigentlich nach deiner Graduierung beginnen, Helen?" fragte gelegentlich eine der Kameradinnen.

„Ich weiß es noch nicht genau. Viele Möglichkeiten habe ich ja nicht, aber für jede kann ich meine ganze Kraft einsetzen. Günstige Gelegenheiten, anderen Dienste zu erweisen, bieten sich unausgesetzt. Es gibt zwei Wege, auf denen wir arbeiten können: mit unseren eigenen Händen und durch unsere Mitmenschen. Beide Wege stehen mir offen. Mit meinen eigenen Händen und meiner eigenen Stimme kann ich lehren. Durch andere kann ich Gutes tun, indem ich zugunsten von Wohltätigkeitsunternehmungen spreche. Vielleicht könnte ich in der Krankenpflege behilflich sein. Ich habe schon ein paarmal massiert. Das ist für Blinde ein guter Beruf. Darum interessiert er mich."

„Wirst du auch schreiben?"

„Sicherlich. Meine Themen sind zwar begrenzt. Ich habe wenig Neues oder Unterhaltendes für die zu sagen, die sehen und hören, die mit einem Blick Erde und Himmel und Wasser umspannen, während ich von der Welt nur so viel fasse, als ich in meiner Hand halten kann. Wenn sich die Gelegenheit bietet, werde ich gewiß über Dinge schreiben, die mit Taubstummen und Blinden in Verbindung stehen. Wenn ein Plan gefaßt wird, der den Blinden hilft, sich selbst ihr Auskommen zu verdienen, so will ich sein Fürsprecher sein."

„Du willst dich also vor allem für Blinde und Taubstumme einsetzen?"

„Ja, in erster Linie. Aber ich habe auch großes Interesse an der Arbeit, die die Frau in der Welt verrichten könnte. Es ist herrlich, Amerikanerin zu sein. Noch niemals in der Weltgeschichte hat die Frau eine so würdige, geehrte und nutzbringende Stellung eingenommen wie jetzt und hier. Wir lesen, wie eine Nation nach der anderen eine gewisse Höhe der Zivilisation erreicht hat und dann dem Verfall entgegenging. Ich glaube, daß die Zivilisation einer Nation an dem Bildungsgrad ihrer Frauen gemessen werden könnte. Daher werde ich die ökonomischen Fragen, die auf die Frau Bezug haben, studieren und mein Bestes tun, um ihr Vorwärtskommen zu fördern; denn Gott und seine Welt sind für alle da."

An einem milden Juninachmittag fand die Feier der Graduierung* Helens und ihrer Kommilitonen statt.

Helen und Anne hatten ihre Plätze in der Aula frühzeitig eingenommen. Sie erregten keinerlei Aufsehen. In der Ansprache des Dechanten wurden Helens Leistungen nicht besonders hervorgehoben und Anne Sullivan mit keinem Wort erwähnt.

„Eigentlich hätte die Gerechtigkeit verlangt, daß auch Fräulein Sullivan graduiert worden wäre!" rief eine temperament-

* Die Verleihung eines bestimmten akademischen Grades.

volle Studentin nach der Feier aus, doch mißbilligten einige männliche Studenten diesen Standpunkt laut und ohne Zurückhaltung.

Nach Beendigung der Zeremonie verließen Anne und Helen schnell die Aula, nahmen einen Wagen und fuhren mit einigen Freunden hinaus nach Wrentham.

Am Abend, als der Mond aufgegangen war, paddelte die Gesellschaft in einem Kanu hinaus auf den zwischen weiche grüne Hügel eingebetteten See. Ein sanfter Wind trieb zarten Blütenduft von den Ufern herüber.

Zurückgelehnt lag Helen im Boot, zog die rechte Hand durch das schimmernde Wasser und lächelte vor sich hin.

„Zufrieden, Fräulein Helen?" fragte John Macy leise in ihre Linke.

„Zufrieden und glücklich. Mein Studium hat mich sehr viel weitergebracht. Wie dankbar bin ich all denen, die es mir in ihrer hilfreichen Güte ermöglicht haben. Nicht nur mein Wissen hat zugenommen. Durch die Beschäftigung mit der Philosophie habe ich mich selbst gefunden. Wie ich taub bin, so waren die Philosophen gegen den Lärm des Lebens taub, wie ich blind bin, so waren sie seinen Zerstörungen und Ablenkungen gegenüber blind. Allein, aber nicht in Dunkelheit, lernten sie alles in sich selbst finden. Ich habe an das Gute glauben gelernt, ich habe glauben gelernt, daß der Mißklang besteht, damit es Wohlklang gibt, daß der Schmerz zerstört, damit die Freude wieder aufbauen kann. Vielleicht bin ich taub und blind, damit andere, mit gleichen Gebrechen Behaftete, mit einem vollkommeneren Sinn sehen und hören können. Und glauben muß man – und wirken, als ob von einem allein die Errichtung des Himmels auf Erden abhinge."

„Sie haben recht", sagte John Macy. „Man kann nur vorwärtskommen und die Welt verbessern, wenn man von vornherein an das Gelingen glaubt."

„Nicht wahr? Kein Pessimist hat je die Geheimnisse der Sterne aufgedeckt oder ein unbekanntes Land gefunden oder der menschlichen Erkenntnis einen neuen Himmel geöffnet. Jeder Optimist fördert den Fortschritt und beschleunigt ihn, während jeder Pessimist die Welt aufhält. Im Leben eines Volkes hat der Pessimismus dieselben Folgen wie im Leben eines Individuums. Der Pessimismus tötet den Trieb, der die Menschen drängt, gegen Armut, Unwissenheit und Verbrechen anzukämpfen, und läßt alle Quellen der Freude in der Welt versiegen."

„Das ist richtig", sagte Phillip Smith, „und ein Beispiel des siegreichen Optimismus hat unsere junge tatkräftige Nation gegeben."

„Jawohl. Amerikaner sein ist gleichbedeutend mit Optimist sein!" rief Helen. „Herrscht bei uns nicht ein besserer Patriotismus als derjenige des Schlachtfeldes? Bewegt er nicht Tausende, ihr Leben in den Dienst des sozialen Fortschritts zu stellen? Jedes Leben, das dafür geopfert wird, bringt uns der Zeit näher, wo Kornfelder keine Schlachtfelder mehr sein werden."

„Glaubst du wirklich, daß die Menschheit jemals begreifen wird, was ihre Aufgabe ist und wo ihr Glück liegt?" fragte Leonore.

„Ja, ich bin überzeugt, daß aus all den erbitterten Kämpfen der widerstreitenden Systeme und Kräfte eine glänzendere geistige Ära aufsteigen wird – eine Ära, in der es kein England, kein Frankreich, kein Amerika, nicht dieses oder jenes Volk mehr geben wird, sondern nur *eine* Familie: das Menschengeschlecht; *ein* Gesetz: den Frieden; *ein* Bündnis: die Harmonie; *ein* Mittel: die Arbeit; *einen* Zuchtmeister: Gott."

14

Schon vor Beendigung ihres Studiums hatte Helen einen lange und sorgfältig überlegten Plan zur Ausführung gebracht: sie hatte sich in Wrentham durch den Erwerb eines kleinen Bauernhauses eine neue Heimat geschaffen.

Ein inzwischen verstorbener väterlicher Freund hatte ihr, als sie noch ein kleines Mädchen war, mehrere Aktien geschenkt, deren Verkauf es ihr jetzt ermöglichte, das schmale, langgestreckte schlichte Häuschen mit einem Gartengrundstück zu erwerben. Einige Veränderungen waren nötig. Eine Milchkammer und zwei Vorratskammern wurden zu einem Studierzimmer für Helen umgebaut. Der Raum war sehr einfach. Nachbildungen alter Kunstwerke, Plastiken oder Reliefs, bildeten seinen einzigen Schmuck. Über Helens Schreibtisch hing ein Porträt des blinden Dichters Homer in Flachrelief. Eine Wand enthielt die Bibliothek in Braille-Schrift, die nicht sehr reichhaltig war, da ein einziger Band in gewöhnlichem Druck sich in Blindenschrift auf vier bis fünf Bände erstreckt. Ein großes Fenster war zu einem Blumenfenster ausgebaut. Die Blumen und Pflanzen pflegte Helen selbst. Eine Glastür führte unmittelbar hinaus in ein Fichtenwäldchen, in dem sie gern allein oder mit ihrem Hund spazierenging.

Bald nach ihrer Übersiedlung begann Helen zu schreiben. In ihrer Freude über das erreichte Ziel legte sie in einer kleinen Schrift ihre Gedanken über Optimismus nieder. ‚Meine Welt', eine Schilderung der von ihr erlebten und empfundenen Welt, schloß sich an.

Es war zur Selbstverständlichkeit geworden, daß ihr John Macy auch bei diesen Arbeiten als hilfreicher Berater und Kamerad zur Seite stand. Aber mit ihrem feinen Empfinden spürte Helen längst, daß es nicht allein die kameradschaftliche Verbundenheit mit ihr war, die ihn immer wieder nach Wrentham zog: da war noch etwas Stärkeres.

Als Anne eines Tages zu ihr kam und begann: „Ich muß dir etwas sagen . . ." unterbrach Helen:

„Ich weiß. – Sie haben sich mit John Macy verlobt."

„Ja, Helen. Aber du darfst nicht glauben, daß sich zwischen uns beiden jemals etwas ändern könnte. Ich werde wie bisher immer für dich dasein. Das habe ich John auch gesagt. Und er versteht mich."

„Niemand kann Ihnen mehr Glück und Segen wünschen als ich. Sie haben mir Ihre Jugend geopfert. – Sie geben Ihr Augenlicht für mich her – ich kann niemals gutmachen, was Sie für mich getan haben!"

„Ich habe dir nichts geopfert, Helen. Es war kein Zufall, daß wir uns begegnet sind. Jeder deiner Fortschritte war auch für mich ein Fortschritt. Jede glückliche Stunde, die du erlebt hast, war auch für mich voll Glück."

Am 2. Mai 1905 fand die Trauung von John Macy und Anne Sullivan in dem kleinen Wrenthamer Landhaus statt. Nur einige der engsten Freunde und Kate Keller nahmen daran teil.

Am folgenden Tag fuhren John und Anne Macy nach New Orleans, wo sie sich einige Wochen aufhalten wollten. Helen begleitete ihre Mutter in den Süden. Doch nach wenigen Tagen erschien das junge Ehepaar überraschend in Tuscumbia.

„Wir haben beschlossen, unsere Flitterwochen bei euch zu verleben", sagte Anne, als sie Helen umarmte.

Nach einigen glücklichen Frühsommerwochen kehrten alle drei gemeinsam nach Wrentham zurück.

Dort begann wieder ein Leben geregelter planmäßiger Arbeit. Helen vollendete die beiden kleinen Bücher ‚Optimismus' und ‚Meine Welt' und begann ein neues: ‚Das Lied der Steinmauer'. Die selbst ausgeführten Ausbesserungsarbeiten an ihren eigenen Grundstücksmauern hatten sie dazu angeregt.

John Macys Lob oder Tadel halfen ihr weiter, vor allem seine halb ritterliche, halb brüderliche Art. Stets fand er ein aufmunterndes Wort, wenn Mutlosigkeit und Trauer sie überkamen.

Er wetteiferte mit Anne, sie über alle wichtigen Entdeckungen und Tagesereignisse zu unterrichten und ihr bedeutende Neuerscheinungen der Literatur zu vermitteln. In seiner Freizeit machte er weite Spaziergänge mit Helen oder las ihr vor.

„Ich glaube, es war eine der glücklichsten Zeiten meines Lebens, als ich ‚Optimismus' und ‚Meine Welt' niederschrieb", sagte sie einmal zu ihm, als sie zusammen unter einer uralten

Eiche am Seeufer saßen. „Während dieser Arbeiten wurde mir erst richtig klar, welchen Reichtum an Erkenntnissen ich mir durch die Philosophie erworben habe und welche Freude und welchen Genuß ich an der Natur empfinde. Ich mußte meine Erlebnisse niederschreiben, um sie noch stärker zu empfinden. Ich mußte anderen erzählen, wie ich die Atmosphäre der Stadt aufnehme, das Hasten und Drängen der Menschen, die schrillen und harten Geräusche, das Quietschen und Heulen der Straßenbahn und die Nebelpfeifen, das Poltern schwerer Steinmassen, das Dröhnen großer Maschinen und all die vielen Gerüche der Autos, Pferdewagen, Obstverkaufsstände, des Zements und des heißen Teers, um im Gegensatz dazu das fühlbare Schweigen des Landes noch mehr lieben zu lernen und die verschiedenen Gerüche der Jahreszeiten, den erdigen Duft des Frühlings, den Juligeruch nach Heu und reifendem Korn. Inzwischen aber habe ich neue Erkenntnisse gewonnen. Als ich ‚Optimismus' schrieb, habe ich noch geglaubt, wir seien alle Herr unseres Schicksals und könnten unser Leben nach unserem Willen gestalten. Jetzt aber sehe ich, daß ich einen großen Teil meines Erfolges meiner Umgebung, dem Vorteil meiner Geburt und vor allem der Hilfsbereitschaft anderer verdanke. Nun weiß ich, daß nicht jeder die Kraft hat, sich aufwärts zu entwickeln, daß die Möglichkeiten hierzu oft nur in Erziehung, Familienverbindungen und einflußreichen Freunden liegen. Mein gedankenloser Optimismus hat sich in jenen tieferen Glauben verwandelt, welcher die Mängel der Welt kennt und dennoch auf Besserung hofft und für diese bessere Zukunft arbeitet, selbst wenn es hoffnungslos scheint."

15

John Macy betrat mit mehreren Briefen in der Hand das Wohnzimmer.

Helen saß am Tisch und legte eine Patience. Sie hielt eine der in der rechten oberen Ecke mit Braille-Zeichen versehenen Karten in der einen Hand und ließ die andere tastend über das ausgebreitete Spiel gleiten, um zu prüfen, wo sie die Karte anlegen könnte.

Als sie John Macys Schritte fühlte, wandte sie sich ihm zu. „Nun, John?"

Er legte leise seine Hand auf ihre Rechte und sagte: „Post, Helen! – Ein Brief von Mark Twain ist dabei!"

„Von Mark Twain? – Bitte, lies ihn schnell vor."

John Macy öffnete den Brief und las: „Ich befehle euch allen dreien zu kommen und einige Tage in Stormfield zu verbringen. Mark Twain."

„Wie schön! Anne, hör doch einmal! Mark Twain hat uns zu sich eingeladen!"

„Werden wir fahren?" erkundigte sich Anne.

„Was für eine Frage! Glaubst du etwa, Anne, daß Helens Leidenschaft für Mark Twain sich durch kalte Füße abhalten ließe, eine Reise um die Welt anzutreten, wenn er sie ruft?"

Einige Tage später fuhren sie nach Stormfield.

Mark Twain ließ seine Gäste mit Pferd und Wagen vom Bahnhof abholen und zu seiner Villa hinausbringen.

„Welch herrlicher Duft nach Tannenwald, Zedern und frischem Schnee", sagte Helen und atmete tief.

„Ja, die Hügel sind ganz verschneit und die Bäume voller Rauhreif", antwortete Anne.

„Fahren wir jetzt einen Hügel hinauf?"

„Ja", erwiderte diesmal John Macy. – „Ist das da auf dem Hügel die Villa von Herrn Twain?" fragte er den Kutscher.

Als dieser bejahte, buchstabierte er Helen: „Wir sind gleich am Ziel. Mark Twains Villa ist schon zu sehen. Sie ist in italienischem Stil erbaut. Ah, und da auf der Terrasse steht er selbst!"

„Und sieht so elegant aus, Helen!" fuhr Anne fort. „Er ist ganz in Weiß gekleidet, und sein prachtvolles weißes Haar glänzt in der Sonne. Da, jetzt winkt er uns!"

Bald standen sie Mark Twain gegenüber und wurden herzlich begrüßt.

Helen ergriff seine beiden Hände und schmiegte ihre Wange an die seine.

„Wie frisch und kühl du bist, Helen!"

„Die Fahrt war herrlich. Aber welcher Leichtsinn von Ihnen, ohne Hut auf die Terrasse hinauszugehen!"

Er streichelte ihr die Wange und erwiderte: „Deine Sorge um mich tut mir wohl, Helen! Heutzutage bemerkt selten jemand, wenn ich unvorsichtig bin."

„Aber, Herr Twain!" sagte vorwurfsvoll eine schlanke, nicht mehr junge Dame, die eben dazugekommen war.

„Ja, meine Gute, ich vergaß Sie. – Dies ist Fräulein Lyon, meine Sekretärin", stellte er sie seinen Gästen vor.

„Wollen Sie nicht ablegen und dann zum Tee kommen?" fragte Fräulein Lyon. „Sie werden durchfroren und hungrig sein."

Bald saßen sie behaglich am Teetisch vor dem prasselnden Kamin.

„Oh, wie verführerisch der Tee riecht!" rief Helen. „Und dazu das brennende Tannenholz! Ah, und dieser Duft – ich wage es gar nicht zu glauben – ist das etwa Himbeermarmelade?"

„Jawohl. Stärkt euch nur gründlich, denn nachher müßt ihr euch das Haus ansehen!"

Nach dem Tee führte Mark Twain seine Gäste von Zimmer zu Zimmer und beschrieb Helen alles. Besonders stolz war er auf sein Billardzimmer. „Ich habe einen großartigen Einfall, Helen! Ich werde dir das Billardspielen beibringen."

„Das wäre leider Zeitverschwendung, Herr Twain. Es ist sicher ein sehr amüsantes Spiel, aber ich werde mich wohl wie bisher auf Dame und Schach beschränken müssen."

„Spielst du Dame und Schach? Wie kannst du denn die weißen und die schwarzen Steine unterscheiden?"

„Sie sind verschieden groß und die Felder der Spielbretter vertieft, damit die Figuren in ihnen feststehen. So kann ich kein

Unheil anrichten, wenn ich meine Hände über das Brett gleiten lasse, um die Stellung meines Gegners festzustellen."

„Und warum willst du nicht Billard spielen?"

„Aber das ist doch unmöglich, wenn man nicht sehen kann!"

„Ach, das schadet gar nichts! Du würdest es bestimmt ebensogut lernen wie verschiedene meiner Freunde!" sagte er so überzeugt, das Helen lachen mußte.

Nun führte Mark Twain die Gäste in sein Schlafzimmer und schilderte Helen den herrlichen Blick aus den Fenstern.

„Man sieht hinunter auf schneebedeckten Tannen- und Föhrenwald, auf andere Hügel und hohe steinerne Mauern, und alles glitzert im Rauhreif."

„Sagt, ist er nicht wundervoll?" fragte Helen, als sie mit Macys in ihrem Zimmer war.

„Manchmal ist er wie ein verspielter Junge", meinte John Macy.

„Aber seine Kühnheit und sein Feuer, wenn er gegen Grausamkeit, Härte und Tyrannei kämpft, sind hinreißend", fuhr Helen fort. „In ihm leben die Pioniereigenschaften jener Menschen, die unbekannte Meere befuhren und Wege durch den Urwald bahnten."

Beim Abendessen redete Mark Twain unaufhörlich.

„Das ist meine Pflicht", erklärte er. „Ich darf von meinen Gästen nicht verlangen, daß sie sich quälen, einen Gesprächsstoff zu finden. Dann hat man keine Freude am Essen. Wenn ich selbst eingeladen bin, erwarte ich auch, daß stets für meine Unterhaltung Sorge getragen wird."

Er aß sehr wenig und stand bald auf. Hin und her gehend, redete er weiter, wählte aus einer der Vasen eine Blüte aus und legte sie vor Helen nieder.

„Was ist das, Helen?"

Sie atmete ein paar Sekunden den Duft ein und nannte den Namen der Blume.

„Großartig! – Da sieht man wieder, wieviel ungenützte Kräfte in uns schlummern!" rief er aus. „Ach, die ganze Welt ist zu dumm! Der gewöhnliche Mensch hat noch nicht einmal die Oberfläche seines Gehirns geritzt."

Plötzlich schlich er hinaus, brachte eine Spielorgel in Gang und wartete voller Spannung, ob Helen die Musik spüren würde. Es dauerte jedoch ziemlich lange, denn das Zimmer hatte einen Steinfußboden, der schlecht leitete. Erst als ihr Fuß zufällig ein hölzernes Tischbein berührte, fühlte sie die Schwingungen. Nun war Mark Twain zufrieden.

Nach einer ausgedehnten Plauderstunde am Kamin führte er seine Gäste selbst in die Schlafzimmer.

„Komm einmal her, Helen", sagte er zu ihr. „Fühlst du diesen Wandschrank hier?"

„Ja. Was ist damit?"

„Du findest darin Zigarren, falls du heute nacht Lust bekommst zu rauchen."

„Das ist sehr aufmerksam", sagte sie, auf seinen Scherz eingehend. „Und wo finde ich Whisky?"

„Hier nebenan ist eine Flasche mit gutem, altem schottischen Whisky. Und noch eins, Helen: Ich verbringe die Vormittage schreibend im Bett, aber es wird mich sehr freuen, wenn du mich morgen um halb elf besuchst. Ich würde mich gern ein wenig mit dir unterhalten."

Am nächsten Morgen erschien sie pünktlich bei ihm.

Er saß in einem schweren seidenen Morgenrock im Bett und diktierte Fräulein Lyon, die sich bei Helens Eintritt erhob und das Zimmer verließ.

„Gut geschlafen, Helen?"

„Danke, wunderbar."

„Ja, wohl und ausgeschlafen siehst du aus. Aber offen gestanden – nicht sehr fleißig. Ich kann mir gar nicht vorstellen, daß du wirklich arbeitest. Ich glaube, du hast jemanden, der deine Bücher für dich schreibt."

„Nein, das stimmt nicht. Ich diktiere nicht einmal, ich schreibe alles selbst auf der Maschine. So bequem wie Sie, im Bett sitzend, habe ich allerdings noch nie gearbeitet. Das würde mir auch gefallen!"

„Bitte, wenn du ebenfalls so arbeiten willst, kannst du die Hälfte meines Bettes haben. Aber du mußt dich zu strengster Neutralität verpflichten und darfst kein Wort reden."

„Kein Wort reden? Nein, das ist zuviel verlangt! Ihr Angebot ist außerordentlich reizvoll und verlockend, aber ich kann deswegen nicht auf das einzige Vorrecht der Frauen verzichten und still sein."

Lachend entfernte sie sich von seinem Bett und ging durch das Zimmer. Am Kamin blieb sie stehen und befühlte mit vorsichtigen Fingern einige auf dem Sims stehende Bronzen.

„Was bedeutet das?" fragte sie, als sie eine Karte spürte, die an einem Leuchter hing.

Sie kehrte zum Hausherrn zurück und las ihm die Antwort von den Lippen ab.

„Ach, das ist nur eine Vorsichtsmaßregel von mir. Auf der Karte sind alle Wertgegenstände hier im Zimmer verzeichnet. Ich will den Einbrechern die Auswahl erleichtern. Mit Hilfe dieser Aufstellung finden sie schnell alles Wichtige und brauchen mich nicht zu stören. Das ist doch für beide Teile viel angenehmer."

Allmählich wurde das Gespräch ernst. Mark Twain fragte Helen nach neuen Arbeitsplänen und erzählte ihr von sich und seiner verstorbenen Frau.

„Wenn mir meine Arbeit nicht Vergessen brächte, könnte ich das Leben nicht ertragen. Aber ich bedaure immer wieder, daß ich nicht mehr geleistet habe."

„Oh, Herr Twain, die ganze Welt liegt Ihnen zu Füßen. Denken Sie, was Ihr Name für einen Ruf hat!"

„Ach, Helen, das verstehst du nicht. Ich habe diese Menschen nur unterhalten. Ihr Lachen aber hat das Beste in mir erstickt."

„Wie können Sie das sagen! Ihr Werk gehört zur klassischen Literatur unserer Nation. Für mich gibt es keine schönere Abenteurergeschichte als Ihr ‚Leben auf dem Mississippi'."

„Tatsächlich?! Das überrascht mich. Niemals hätte ich gedacht, daß eine Frau an einer so derben Geschichte Gefallen finden kann. Aber ich verstehe ja auch nichts von Frauen. Es wird wohl niemand geben, der weniger von Frauen weiß als ich." Und dann fuhr er ernst fort: „Es war der Höhepunkt meines Lebens, damals auf dem Mississippi. Nie wieder habe ich solche Zeiten erlebt!"

So plauderten sie, bis Helen zum Lunch geholt wurde.

Mark Twain, der nach einer strengen Diät leben mußte, erschien erst kurz vor Beendigung der Mahlzeit. „Es riecht doch nach frischem Apfelpudding? Nein, da kann ich nicht widerstehen!"

Vorsichtig versuchte Fräulein Lyon ihre Besorgnisse einzuwenden.

„Ich weiß, ich weiß!" erwiderte er. „Aber hat frischer Apfelpudding schon jemandem das Leben gekostet? Helen soll entscheiden. Wenn sie es verbietet, werde ich es lassen."

„Wenn es Ihnen doch nicht gut tut?"

„Ach, Helen, frischer Apfelpudding!"

„Also, meinetwegen, aber nur ein ganz kleines Stückchen bitte!"

Schnell vertauschte er das ihm vorgesetzte Stück mit einem größeren. Dabei legte er den Finger auf den Mund und bat damit die anderen, ihn nicht zu verraten.

Helen spürte jedoch genau, was vorging. Sie wandte sich ernst an die Macys: „Kommt, es ist höchste Zeit, daß wir gehen, sonst bestellt Herr Twain den zweiten Pudding!"

„Ich habe ja immer gewußt, daß du eine Hexe bist!" rief er kopfschüttelnd. „Bitte, Frau Macy, vermitteln Sie ihr meine Meinung!" Und dann fuhr er fort: „Es ist so herrliches Wetter! Sollte Helen nicht zum Arbeiten aufgelegt sein, möchte ich euch die Gegend zeigen."

Sie nahmen seinen Vorschlag freudig an, holten ihre Mäntel und trafen sich in der Halle wieder.

„Einen Augenblick, ich muß mir noch meine Zigarren holen", sagte Mark Twain. „So, nun können wir gehen. – Geraucht habe ich schon seit meinem achten Lebensjahr", erzählte er. „Zuerst monatlich etwa hundert Zigarren, mit zwanzig Jahren etwa zweihundert und mit dreißig dreihundert. Mit vierunddreißig Jahren ließ ich es anderthalb Jahre ganz. Aber meine Gesundheit wurde nicht besser davon, wahrscheinlich, weil sie sowieso tadellos war. Und als ich bei der Arbeit an einem neuen Buch merkte, daß meine Geisteskräfte nachließen und ich in drei Wochen nur sechs Kapitel fertigbrachte, rauchte ich wieder meine dreihundert Zigarren, verbrannte die sechs Kapitel und schrieb das ganze Manuskript in drei Monaten nieder."

Er ging Hand in Hand mit Helen. Immer wieder bat er Anne oder John Macy, ihr zu berichten: von den Wäldern, den Bergen, dem Weg zwischen bereiften Felsen und dem kleinen Bach, der trotz des Frostes neben ihnen plätscherte.

„Ist das Buch der Erde wundervoll!" sagte er. „Ich wollte, ich hätte Zeit, es zu lesen. Hätte ich in meiner Jugend begonnen, so wäre ich vielleicht mit dem ersten Kapitel zu Ende gekommen. Nun ist es zu allem zu spät." Aber gleich wurde er wieder heiter: „Erzählen Sie ihr, daß die Kirche da drüben im Tal früher auf dieser Seite des Baches gestanden hat. Als ich erklärte, daß ich keine Verwendung für sie habe, hat die Gemeinde sie letzten Sommer versetzen lassen. Ja, so rücksichtsvoll sind die Leute in Neu-England. – Und hier diese vorhistorische Brücke – sie ist ein bißchen rostig – führt über den Teich, der in Salomos Liedern vorkommt."

Sie wanderten weiter, bis sie auf einem Hügel standen und

das verschneite Tal überblicken konnten.

Mark Twain stützte sich auf seinen Stock und schaute in die Ferne: „So ist das Alter", sagte er. „Man steht auf dem Gipfel und sieht zurück über Raum und Zeit. Die Tage der Jugend eilen dahin." Und er wandte sich um und trat mit müden Schritten den Heimweg an.

„Hoffentlich war es nicht zuviel für ihn", flüsterte Anne ihrem Mann zu.

„Soll ich vielleicht auf dem kürzesten Wege zurückgehen und den Wagen holen?" schlug er vor.

„Das wäre nicht schlecht", antwortete Mark Twain. „Inzwischen bringe ich die beiden Damen zur Landstraße."

Zwischen dicht beieinanderstehenden Bäumen ging er mit ihnen auf Waldwegen weiter, die überraschend aufhörten.

„Ich glaube fast, wir haben uns verirrt", sagte Helen vorsichtig.

„Dies ist die unerforschte Wildnis", antwortete Mark Twain, „das Chaos, welches bestand, ehe Jehova das Feste vom Flüssigen schied. Aber dort drüben ist die Landstraße."

„So? – Und ist das zwischen uns und ihr nicht ein reißender kleiner Fluß?"

„Allerdings."

„Gibt es eine Brücke?"

„Nein, eine Brücke gibt es nicht."

„Dort drüben steht mein Mann mit dem Wagen!" rief Anne plötzlich.

Macy hatte die drei erblickt und schrie hinüber: „Bleibt, wo ihr seid!"

Mit Hilfe des Kutschers löste er die Bretter eines Zaunes an der Straße, legte sie über den Fluß und holte alle sicher herüber.

Am letzten Abend ihres Aufenthaltes in Stromfield fragte Mark Twain: „Soll ich euch heute abend aus meinem Werk ‚Evas Tagebuch' vorlesen?"

„Das wäre wundervoll!"

„Auf welche Art wäre es dir am liebsten, Helen?"

„Ich denke, Sie lesen laut vor, und Anne buchstabiert mir Ihre Worte in die Hand."

„Willst du mir nicht von den Lippen ablesen?"

„Das wird für Sie sehr unbequem sein, fürchte ich. Aber wir können es ja probieren. Und noch eins: Sie hatten mir versprochen, einmal Ihre Oxforder Staatsrobe für mich anzulegen. Es ist höchste Zeit, morgen fahren wir heim."

„Es soll gleich geschehen, Helen."

Fräulein Lyon brachte den scharlachroten Talar, den er bei der Verleihung des Ehrendoktors der Oxforder Universität getragen hatte.

„Prachtvoll sieht er im Schein des Kaminfeuers aus mit seinen weißen Haaren und dem weißen Anzug unter der roten Robe!" buchstabierte Anne.

Helen trat auf Mark Twain zu. Bewundernd fühlte sie die schweren Falten des langen Talars. Lächelnd zog er sie an sich und küßte sie.

Dann setzte er sich in seinen großen Lehnstuhl und nahm seine Pfeife und ‚Evas Tagebuch' in die Hand.

Helen ließ sich auf einem Hocker neben Mark Twain nieder

und stützte ihren Ellbogen auf die Armlehne seines Stuhles, so daß ihre Finger leicht auf seinen Lippen lagen.

Anfangs konnte sie Mark Twains langsamer, schleppender Sprache gut folgen. Aber allmählich geriet er in Erregung und fuchtelte wild mit seiner Pfeife umher. Dabei schob er ihre Hand ein paarmal von seinen Lippen.

Lächelnd erhob sich Anne, setzte sich neben Helen und buchstabierte ihr die Erzählung in die Hand, während Helen mit der anderen Mark Twains Mienenspiel und seine Bewegungen beobachtete.

Die zarte und ernste Geschichte, die er um Adam und Eva geschrieben hatte, ergriff sie bis zu Tränen, und als Mark Twain seine Vorlesung beendet hatte, fragte sie verlegen:

„Habt ihr nicht auch ein bißchen schlucken müssen?"

Noch lange saßen sie am Kamin beisammen.

„Hat es dir bei mir gefallen, Helen?" fragte Mark Twain. „Hat dir der Aufenthalt hier ein wenig Freude gemacht?"

„Fühlen Sie das nicht?" fragte Helen zurück. „Haben Sie nicht gespürt, wie ich alles genossen habe: die lustigen und die ernsten Stunden mit Ihnen, die Wanderungen draußen und die behaglichen Abende hier am Feuer?"

„Ja, ich habe es gespürt, und es hat mich glücklich gemacht, Helen, daß ich dir etwas geben konnte, in meinem Haus und in der prachtvollen Umgebung. Deine Freude an der Natur ist vielen so unbegreiflich."

„Warum eigentlich?" fragte Helen. „Die Stimmen der Natur dringen auf anderen Wegen zu mir als durch Auge und Ohr. *Gott hat viele seiner Werke in Blindenschrift geschrieben.*

Wenn ich im Wald bin, fühle ich die kleinen Geschöpfe, die auf den Blättern und in den Büschen leben. Wenn ich auf einem Baumstamm sitze, so still, daß die scheuen Waldbewohner vergessen, daß es unklug sein könnte, mir auf die Zehen zu treten, ‚höre' ich unzählige Geräusche – Blätterrauschen, Gräserwispern und das Knacken der Zweige – alles das höre ich und habe kein Gehör."

„Es ist wunderbar, wie tapfer du dir deine innere Welt geschaffen hast!"

„Ich danke es meinen Freunden", sagte Helen, „vor allem Anne, meinem guten Engel, und John und den vielen anderen. Ohne ihre Liebe und Pflege würde mein Mut nicht genügen, mein Herz tapfer zu erhalten. Aber ich bin wie Stevenson der Meinung, daß es besser ist, die Dinge zu tun, als von ihnen zu träumen. Ich bin gezwungen, auf vieles zu verzichten, und es ist nicht wahr, daß ich niemals traurig oder bitter bin." Sie schwieg einen Augenblick.

Anne war neben sie getreten und streichelte ihre Hand.

Helen legte den Arm um ihre Schultern und fuhr fort:

„Aber ich habe früh beschlossen, nicht darüber zu klagen. Ein tödlich Verwundeter muß versuchen, um der anderen willen den Rest seines Lebens mit einem Lächeln auf sich zu nehmen. Um einigermaßen Herr seines Schicksals zu werden, braucht man Arbeit, den Trost der Freundschaft und einen unerschütterlichen Glauben an die Güte Gottes. Ihr wißt, ich habe in meinem kleinen Buch geschrieben, der Wunsch und der Wille zu arbeiten seien an sich schon Optimismus. Gehe ich durch meinen Garten, höre ich den Gesang der Wurzeln unter der

Erde, die getrost ihre Arbeit im Dunkel tun. Sie dürfen die Schönheit, die sie schaffen, nicht sehen; verborgen in der Finsternis bringen sie die Blumen des Lichtes hervor. Klein sind sie und verachtet, aber wie mächtig ist ihre Kraft für Baum und Pflanze!"

Ergriffen sahen Mark Twain und John Macy auf die beiden Frauen, die nebeneinander vor dem Kamin standen. Die zwei Gestalten schienen zu einer zu verschmelzen, die von der auflodernden Flamme mit einem goldenen Schein umzeichnet wurde.

Leise sagte Mark Twain: „Und das Licht scheinet in der Finsternis."

Im Laufe ihres weiteren Lebens schien das Licht allerdings zuweilen zu erlöschen. Annes Ehe zerbrach. Helens Zeitungsartikel zugunsten der Bergarbeiter und des Frauenstimmrechtes lösten Unwillen und Zweifel aus, ob die Gedanken dazu tatsächlich ihre eigenen seien. Finanzielle Nöte trieben sie dazu, miteinander in Varietés aufzutreten. Annes zarte Gesundheit litt unter den Strapazen, und ihre ohnehin schwache Sehkraft schwand immer mehr. Vorsorglich stellten sie zur Hilfe Polly Thomson, eine junge Schottin, als Sekretärin ein.

1923 kam die große Wende. Beide wurden aufgefordert, Mitglieder der Amerikanischen Blindenstiftung, der „American Foundation for the Blind" zu werden. Mit dreiundvierzig Jahren fand Helen damit die Aufgabe ihres Lebens: sich für die Erziehung und Ausbildung und – was ihr besonders am Herzen lag – für das Recht auf Arbeit und die Schaffung von Erwerbsmöglichkeiten für alle erwachsenen Blinden einzusetzen. Dank ihrer Erfahrungen waren Annes Leistungen in den ersten Jahren einzigartig. Sie stand Helen bei, solange ihre Kräfte es erlaubten. 1936 starb sie, völlig erblindet. Es war der härteste Verlust in Helens Leben.

Doch ihre Arbeitskraft blieb ungebrochen. Mit Polly Thomson, ihrer Dolmetscherin, Sekretärin und Freundin, reiste sie drei Monate später auf Einladung der Japanischen Blindenfürsorge zum ersten Mal nach Japan. Bis in ihr hohes Alter unternahm sie im Dienst der Blindenstiftung und bald auch im Auftrag anderer Länder weite Reisen durch alle Kontinente, ließ sich informieren, regte Organisationen an, schrieb unzählige Briefe und Artikel und brachte immer wieder Gelder zusammen, um die Projekte der Blindenstiftung durchzuführen. Auch für die Tauben und Taubblinden setzte sie sich liebevoll ein.

Während des Zweiten Weltkrieges und nach seinem Ende besuchte sie die Kriegsblinden, Ertaubten und Schwerversehrten in den Lazaretten vieler Länder, um ihnen durch ihr eigenes Beispiel neuen Lebensmut zu schaffen. Sie hielt die Hände vieler großer Persönlichkeiten in den ihren – die Nehrus, Winston Churchills und John F. Kennedys, um nur einige zu nennen.

Mit fünfundsiebzig Jahren erhielt sie von der Harvard-Universität die Ehrendoktorwürde und reiste gleich darauf nach Israel und Japan.

Am 1. Juni 1968 vollendete sie ihr erfülltes Leben – dieses zweite Leben, das sie allein Anne Sullivan zu verdanken hatte.

Gabriele Beyerlein

WIE EIN FALKE IM WIND

Frei wie ein Falke möchte Konrad sein. Nie mehr dem Kaplan gehorchen, nie mehr Latein lernen müssen. Die Begegnung mit dem Sänger Oswald vom Finkengrund weckt eine große Sehnsucht in ihm. Konrad flieht von der Burg seines Bruders und zieht mit fahrenden Sängern durchs Land. Es wird sein Traum, die alten Sagen vom Glanz und Untergang der Nibelungen neu zu erzählen.
Mit Phantasie und vor spannungsreichem Hintergrund läßt die Autorin die fiktive Geschichte des Dichters des Nibelungenliedes lebendig werden.

DRESSLER

Tilman Röhrig

ROBIN HOOD
SOLANG ES UNRECHT GIBT

Mit seinem Robin Hood legt Tilman Röhrig erstmals einen geschlossenen Roman über den sagenhaften Helden vor. Eine brillant erzählte, spannungsreiche Geschichte, ein atemberaubendes Spiel von Leben und Tod, in dem auch burleske Szenen nicht fehlen. Es ist die Geschichte der Freundschaft mit Little John, der Fürsorge für dessen Schützling Marian, die Geschichte des Kampfes gegen Unterdrückung und Willkür des normannischen Adels im mittelalterlichen England.

DRESSLER